小诗
花集

鲁立 著

国际文化出版公司
·北京·

图书在版编目（CIP）数据

小诗花集／鲁立著. —北京：国际文化出版公司，2022.2

ISBN 978-7-5125-1402-7

I.①小… II.①鲁… III.①诗集－中国－当代 ②随笔－作品集－中国－当代 IV.① I217.2

中国版本图书馆 CIP 数据核字（2022）第 010758 号

小诗花集

作　　者	鲁　立
责任编辑	戴　婕
出版发行	国际文化出版公司
经　　销	全国新华书店
印　　刷	天津中印联印务有限公司

开　　本　　880 毫米 ×1230 毫米　　　　32 开
　　　　　　7 印张　　　　　　　　　　118 千字
版　　次　　2022 年 2 月第 1 版
　　　　　　2022 年 2 月第 1 次印刷
书　　号　　ISBN 978-7-5125-1402-7
定　　价　　49.00 元

国际文化出版公司
北京朝阳区东土城路乙 9 号　　　邮编：100013
总编室：（010）64271551　　　传真：（010）64271578
销售热线：（010）64271187
传真：（010）64271187-800
E-mail：icpc@95777.sina.net

前言

　　本诗集收集了作者多年来的作品。

　　春光明媚花流莺，红花初照少年春，春草枝头玉露凝，溪水石桥绕青山，芳步曳罗裙，翩翩舞开屏，山落千峰霞，岭开万树花，都是较好的诗句。

　　风华少年依鲜花，春光情影人更佳，歌吟了美好的青春。花溪河水清又清，云霞飞舞映芳菲，是作者对1951年出生地花溪的热爱。人生长随东流水，匹练如美诗画中，歌吟了壮阔的黄果树瀑布。牵君汗血马，接君貂裘衣，表现了室家对归人的亲切迎接。春雨露初晞，翠鸟空山啼，时有幽人径，蜜语过桥溪，表现了甜蜜的爱情生活。东风红遍夜郎树，流水高山云霞轻，这边起歌那边唱，满坡桃杏满坡红，表现了春日对歌里满坡满野的美好春光。可谓是投石击水波连波，妹唱山歌歌连歌。春风像活泼的少女，来到我们跟前。才过溪头清清水，几滴山雨洒花前，抒发了春日出游的美好心境。人儿游陌上，柳下闻私语，《秋月曲》描写生生和云云喜结良缘，但却揭示了女子不能科举入仕，是对封建社会历史的刻画，现代女子从中更会领悟翻身解放的喜悦。握手惜别又相逢，英雄出征当壮游，《思远游赋》抒发了人类畅游整个宇宙的想象。蜜蜂唱上采蜜歌，鸟儿伴上赞美舞，《打柴歌》《打秧青》《玉米吟》《秋收歌》《田园诗》是对知青生活的回忆，知青时代正是红花初照少年春的青春时代。

生命犹如一朵灿烂的金花，开放在宇宙中的一颗星球之上，愿人们都能从没路的地方开辟前程，走自己美好的生命之路，愿本诗集带给人们美好的愉悦。

目　录

第三篇
散文各体篇

第一篇
旧体诗篇

听玉笛①

1977年春

二月杨柳挂丝青，红花初照少年春。

莫道玉笛不销魂，听君为我歌一曲。

游泳②

1975年7月21日

虎贲健儿壮臂肩，掠水轻燕飞银烟。

只今中华好儿女，搏击中流浪滔天。

----

① 听同学吹奏《战马之歌》。

② 到花溪游泳。

游花溪为小女题照①

1999年4月11日

风华少年依鲜花，春光倩影人更佳。

人生努力勤奋斗，事业有成报国家。

登张家界

1989年9月

登高不喜平，看险莫须惊。

人在碧峰上，流霞万里英。

---

① 花溪离贵阳17公里。

花溪春游

1976年春

花溪春来春游人，夹岸垂柳水声鸣。

溪水如花绿如染，天然悠悠绕长亭。

春风送过春雨晴，春草枝头玉露凝。

一片春光无限好，花溪桃花照眼明。

跳墩墩头身影明，水底站着一个人。

君莫说话他无话，君若失笑他笑人。

君看水底还有鱼，鱼肚底下飘白云。

蓝天倒在绿水里，树上黄莺得意鸣。

二月流霞风花香，美景摘来使君尝。

最是燕飞人语响，船在河池水中央。

君坐草滩且休息，一生难得此地行。

端庄莫笑好留影，君是桃花源中人。

蜿蜒红桥放鸽群，放鸽一生爱和平。

天生就数桃源好，问君耕耘不耕耘？

羽毛球儿穿梭行，桃花源里好娱情。

看君身姿多矫健，保卫祖国如长城。

少年儿女往前行，衣着鲜艳甚整齐。

每念生活得宽余，心中涌起幸福情。

苗汉布依各族人，游玩聚此桃园林，

放眼祖国大桃源，胜过古代陶渊明①。

- - - - - - - - - - - - - - - - - -

① 胜过古代陶渊明，指胜过陶渊明《桃花源记》中所描述的桃源情景。

打柴歌

1976年4月14日

农家少年襟怀胸①，肩桃柴担跃山峰。

抹汗歇息方始觉，人在悠悠天地中。

绿茵地毯当舞台，雪花白云作屏幕。

参天高树筛日影，林荫鸣虫藏深处。

舌噪小蝉先弹琴，翠竹萧萧吹起笙。

鸳雀奋喙敲响鼓，苍松飒飒和好音。

蜜蜂唱上采蜜歌，鸟儿伴上赞美舞。

山花颂上烂漫词，野草献上芬芳诗。

深涧捧出清泉酒，果海赠送甘露稠。

雄鹰高飞心欢喜，少年拍手乐融融。

----

① 襟怀胸：热了打开衣襟，敞胸露怀。

秋收歌

1975年9月11日

红日东升照光华，千乘稻海灿金花。

欢迎秋风吹又至，农家喜盈在眉梢。

汗渍沃土卷尘烟，只把稻秸写桑田。

斗声隆隆闷惊雷，敢有歌吟贯长天。

迎春

1976年春

雨雪飞舞劲松青，梅花娇笑不胜春。

玉宇人家风光好，山河日日柳色新。

欢度春节

1977年春节

爆竹声中一岁除，春风拂郁柳复苏。

千家万户喜洋洋，中华腾飞展宏图。

中秋节夜①

1977年秋

夜色潇洒柳渡头，中秋节里荡扁舟。

百花湖上月飞渡，载得一片棹歌声。

----

① 百花湖距贵阳城约15公里，中秋的夜色下青年男女在湖上荡舟。

观舞①

1977年

楼台灯火琴弦在，少女初出天幕开。

千树桃花春风面，万丝弱柳飘翠枝。

金缕银线玉麒麟，黄竹萧萧悠扬笛。

天上明月追舞影，地下镜湖照鸟飞。

含眸流目笑脉脉，白马迟回小依依。

翩翩步起团扇舞，百鸟歌声从天来。

----

① 观看贵州省都匀市文工团演出。

田园诗

1977年秋

平生爱读书，含笑看古今。

古有陶渊明，田园吟诗人。

忆我知青时^①，亦余似所同。

鞠耕田园里，悠然见花开。

山川挂彩虹，碧峰云气秀。

一夜风雨至，明花带露浓。

溪绕田间过，竹拂茅檐吹。

旭日衔山出，彩云似锦飞。

布谷声声里，农家忙春耕。

黄牛正殷勤，汗水湿青鬃。

夕阳落山火，晚霞漫天浸。

挂犁且归来，群鸡围我转。

频频啄栗食，咯咯直叫唤。

----

① 到贵州省平塘县通州镇长寨新寨村民组插队当知青，知青大家庭共19人。

不淌长汗人，不知盐味重。

不下苦力人，焉知食量大。

亮脂白米饭，南瓜青菜拌。

欲饥填肚饱①，狼吞似虎咽。

日丽彩蝶喜，水绿蜻蜓翩。

青燕刁巢泥，鸣蛙噪田间。

田园空气好，虽苦心也甜。

薅秧排队排，鸳鸯滚出来②。

水蛭咬我血，水鸟飞徘徊。

足蹬胶草鞋，身穿补疤衣。

伐柯南山中，山草杂石径。

山英芳四野，花鸟藏幽林。

钩葛挂我衣，露出嫣红肉。

利茅破我手，几滴鲜红血。

人往高处走，鸟飞向云间。

岩杉擎天起，山藤可攀援。

伐木丁丁响，虎啸萦山巅。

静静林云间，悠悠亿万年。

柴担出山峰，来到清泉边。

- - - - - - - - - - - - - - - - - -

① 意为欲在饥饿时要填饱肚子。

② 此句是对民歌"打田栽秧排队排，一队秧鸡滚出来"的化用。

水中可掬月，红花开如血。

爬上酸梅树，边吃边采撷。

春光远去矣，秋风忽吹来。

金谷黄灿灿，大海翻波澜。

磨刀霍霍许，刀光闪弧影。

弯腰如满月，割谷嚓嚓许。

秋阳熠熠照，喜晒丰收粮。

殷实入仓廪，秋耕又繁忙。

端觥举大碗，农家待人好。

赐我舒筋骨，一饮消疲劳。

倒床鼻音鼾，明朝又起早。

鱼游木叶下，雁度霜天高。

晚踏牛羊群，月牙挂树梢。

岁月正风华，劳动炼青春。

身肌长丰满，筋骨粗而奘①。

纯真生活美，寒露桂花香。

全家十九人，甘甜共与尝。

油灯伴人影，闻鸡舂②擂响。

- - - - - - - - - - - - - - - - - -

① 奘，读zhuǎng，意为壮实。

② 舂，读chōng，把东西放在石臼或乳钵里捣去皮壳或捣碎。此句
意为寨上人家鸡叫时就要起来点上煤油灯，舂谷子出米。

庆祝"八一"建军节

1977年8月1日

八一烽火震中原，连照华夏关山月。

中华民族奋旌旗，横扫列强荡余孽。

外御虎豹内御狼，钢铁军旅筑城阙。

同仇敌忾团结紧，祖国航程永向前。

读秋瑾诗

1977年7月16日

千古女士谁能行，秋瑾诗歌最感人。

誓为神州兴亡楚，断头至死坚如魂。

中华巾帼真豪杰，万代诗歌留英名。

时代消失如旧梦，只今人间尽光明。

参军行

1977年

大红花，高头马，锣鼓咚咚鞭炮响。

心儿随着鼓点跳，少年意气含微笑。

男儿立志出军征，拼将热血把国报。

红帽徽，红领章，英姿飒爽绿军装。

威风凛凛敬军礼，刚强铁汉入虎旅。

去岁从戎死边塞，今岁光荣卫国家。

剑光澄照江天碧，战马萧萧嘶未已。

功勋著，锦书飞，爷娘皱纹笑生辉。

人生不怀壮烈志，安能区区度秋春。

　　登临远游船，极目云水秀。

男儿何不操吴榜，万重惊涛可横渡。

国庆颂词

1977年10月1日

国庆佳节好，豪情心底来。

枫叶如花红胜火，秋水如染碧如蓝。

礼花上空天灿烂，彩旗照地霞光漫。

人间灯火似星海，神州歌舞喜心怀。

人民智慧又勤劳，幸福之花亲手栽。

含笑饮美酒，菊花娇艳开。

咏梅

1978年1月

梅花苦寒香自开，东风化雪迎春来。

待到芳菲枝头俏，百花丛中尽开怀。

婚礼席宴对歌①

1978年

一张桌子四四方，抹开桌子写文章。郎君若是有意人，萧竹吹来稻花香。

一张桌子圆又圆，抹开桌子笔相连。鸟唱不知在何处，鱼戏莲叶何田田。

妹唱山歌山答音，妹采菱歌水应情。表哥若是好歌手，妹子方与唱山歌。

撵猎提弓上山坡，壮观天地下网罗。表哥自有好身手，与妹同唱十千歌。

心想织梭就织梭，心想绣花就张罗。手艺出在艺人手，心想试比就唱歌。

春天来在春枝头，歌花开在歌人喉。今朝摘了上台来，与妹试比谁英雄。

盘中饭香米难栽，山歌好唱口难开。哥要比试英雄事，

----

① 参观布依族婚礼席宴对歌，即兴而作。

今朝开口上台来。

开天谁人先唱歌，劈地谁人先奏乐。燧石许许似乐响，伐木丁丁始是歌。

表妹家住土墙房，冬暖夏凉把身藏。砍柴南山虎猫窝，种田北川水柳杨。

表哥家住茅草房，遮霜避寒养牛羊。山间玉米挂红帽，秋来黄鸡啄稻粱。

披星戴月荷锄归，晨曦微微点春擂。会织锦彩千万缎，只愁表哥莫能背。

天上日日锦彩飞，郎担柴担轻轻回。会撑长虹月宫游，拔来花树送妹闺。

山一湾来水一湾，妹家房屋四院宽。东园种上千颗籽，西篱春笋破土钻。

郎家门前细柳弯，溪水石桥绕青山。布谷声声春种里，月上东枝挂犁还。

妹家源流连银河，顺此可上逢喜鹊。放马扬鞭青青草，白云朵朵牧鸭鹅。

乘槎浮浪九天飞，轻舟直渡一日归。相邀牛郎家山还，与妹同销万古杯。

三月杜鹃满山红，采芳女伴插花游。甚爱花儿开得盛，怀中还抱花一束。

一夜风雨花万重，一枝梨花带露浓。郎家风光美如此，柴扉开处唱歌声。

妹唱山歌哥莫笑，山歌唱似进军号。会调炮声群峰响，层层梯田顺山绕。

金口鸟儿唱一支，歌琴弹动细如丝。嗓弦秀韵音品美，颂歌一曲田园诗。

口含红桃白菊花，放歌一声唱中华。父老兄妹同心干，神州春雨万重花。

花山歌花锦重重，花山歌花盖葱茏。花山歌花顺山淌，花山歌花遍山流。

歌想情意花想容，歌花越开花越红。明朝摘了上台去，四方战场唱英雄。

歌花如水近可掬，放声一唱大江流。唱出几多好歌手，唱得地球花中游。

一支山歌敬亲人，一支山歌杀敌人。千支山歌盖大厦，众志同心口唱成。

一枝桃花开在春，一颗蜜儿甜在心。一串葡萄美味口，一声山歌也动人。

哥看悬崖倒挂松，几经霜寒餐英风。寄意青春岸边柳，万里扬帆没白鸥。

高山脚下江悠悠，妹唱山歌慢游游。避难深山几千年，如今民族大团圆。

　　清溪流水细细长，妹唱山歌顺山扬。春江花月付一笑，亮嗓飞来金凤凰。

　　一片山歌一片情，妹唱山歌动白云。今宵山歌唱不尽，明朝再唱到天明。

　　喜鹊啼时客来家，空空离别无送他。随却篱边折枝柳，挥手含笑在山垭。

绣河山^①

1978年2月

工地号子响正欢，礼炮声声战未还。

旗开拥出花木兰，钢钎闪闪绣河山。

妹执钢钎绣河山，山也欢来水也欢。

鼓点打在地球上，秋收万里米粮川。

----

① 忆参加农田基本建设而作。

忆昔

1978年

青山翠谷鸟嘤嘤，闻歌始觉山有人。不知谁家采花女，手持杜鹃若红云。忆昔郎骑竹马来年少，妾倚门缝躲猫猫。郎捉双翅小蜻蜓，线儿拴尾来去飞。又上高树掏喜鹊，溜猴飞身荡白云。背篓彼岸去，郎撑小船相送迎。光阴过，瞬息间，忽觉人儿长一肩。

郎倚绝壁被春秋，砍柴涉猎南山峰。岩杉树，试扁担，酸梅子，捧出红。为我送来花鸟毛，为我采来山花丛。冬来雪，雨来田，割草青青枝上叶。郎在溪头石砧为我磨镰刀，斫削竹篾编草篮。采朵垂莲子，插花总角玩。郎穿草鞋补疤衣，妾引线儿相缝密。深心全倾注，两情尽依依。

采芳^①

1978年春

　　采芳采芳，山间芳草花香好。花多少，采采芳草。花且芳，芳且美，带露鲜。春雨满江河，山花烂漫，开遍山野红满天。

菊吟

1978年秋

　　菊花爱秋霜，霜重色愈浓。
　　秋肥花硕大，报与枫叶红。

- - - - - - - - - - - - - - - - - -

① 一群青少年春日山间采花游玩。

长相思（一）

1981年

夜阑人静时，子在岸边思。

月照花露浓，青山有几重。

明朝若相望，声声闻布谷。

高山雪皑皑，云绕雾正阴。

之子游于野，瞻彼麦青青。

朔风随号角，飘忽吹衣襟。

笛中闻《折柳》，犹忆送远征。

春思

1979年4月18日

风轻花妩媚，月下独徘徊。
幽人不见来，徒倚相思情。

春雨露初晞，翠鸟空山啼。
时有幽人径，蜜语过桥溪。

山青花如云，摘花不见君。
念此离别意，一片相思情。
谁能知我心，送至玉关人。
明月两相照，生死两不分。
烽火罢楼兰，笳鼓迎远征。

国征

1979年9月

燕燕差池飞，暮春花已青。

男儿磨戈矛，剑光数啸鸣。

若有举烽传，请缨事国征。

国事多迁连，愿君奋一躯。

兵器相礜击，弹雨交矢飞。

头白共明月，容颜照清溪。

肃像图麒麟^①，功绩垂汗青。

关山送归客，笙歌迎远征。

- - - - - - - - - - - - - - - - - -

① 图麒麟：汉武帝时把功臣的画像挂在未央宫的麒麟阁上，以示最高功荣。

远征

1979年5月1日

喜事一对蝶，相会在花间。

随风翩起舞，比比飞上天。

男儿及成人，终当誓远征。

出师在寰宇，力亦挽乾坤。

之子来送行，依依柳河边。

念去万万里，音书阻重烟。

睡梦青鬓湿，骏马嘶鸣归。

生活真个美，结发事鞠耕。

与君恩爱重，芳情似海深。

相至西园里，弹唱《归去来》。

迎征

1979年9月29日

倚阑凝眸眺，何事泛涟漪。

花枝露凝香，稚子竹马骑。

待君捷报传，远迎萍水溪。

牵君汗血马，接君貂裘衣。

关山雪犹在，中原花已青。

漫步柳荫下，语君离别情。

相至庆功会，管弦吹声声。

国家安无恙，黔首喜相亲。

歌舞旦日红，鲜花含笑开。

与君胸前戴，愿君永相怀。

玉米吟

1980年8月2日

金光抹天宇，日落傍山隅。

妇从山上还，儿在门前玩。

拍手问阿母，篓里何所有？

几支玉米秆，还有玉米棒。

剥棒火里煨，剔秆甜且涩。

汗透湿母衣，欢乐真难得。

游黔灵山弘福寺

1980年4月

渌水青山依虬松，山寺翠楼过春风。

一枝樱花含睇笑，正是青春倩影时。

采莲曲

1980年

浪里荡漾采莲回，棹歌声声晚意归。

忽听郎君吹箫竹，满船黄金鲤鱼肥。

采罢桂花回

1980年8月4日

采罢桂花回，泛歌踏芳菲。

桥边赏秋月，流连夜忘归。

采罢桂花回，泛歌踏翠微。

夜静闻山鸟，遗芳思远人。

采罢桂花回，踟蹰思远人。

愿君归来时，莫我相与违。

采罢桂花回，悠悠归远人。

明月中天照，是君还是魂？

采罢桂花回，开镰割金穗。

郎追我赶前，快步忽如飞。

风舞衣①

1980年

燕飞黔山白云低，人儿独立风舞衣。

妹子一唱折花曲，牵动相思离别情。

----

① 时在都匀，思念家乡贵阳。

长相思（二）

1980年4月

新晴杨柳丝，

露浓桃花枝。

黄莺多饶舌，

乱我长相思。

待赠

1980年

战士将归还，
姐妹庆相欢。
怀中花一束，
待赠献英雄。

并莲曲

1980年

人儿棹歌来，
忽听玉笛声。
羞入荷花去，
和郎《并莲曲》。

为君之送行①

1981年2月15日

正是花山月水时，
春风荡漾柳欲丝。
一十三年归故园，
黔水桥头别离迟。

----

① 都匀送严兄回上海。

谷已秀①

1981年8月14日

谷已秀，晨曦蒙蒙雾。

清水荷花秀可餐，荷叶团团滚玉露。

鸥鹭，鸥鹭，盈盈风波如何渡？

露浓花重，来把离人送，

楚楚清秋悠悠路。

----

① 出行时离别之心情。

相如文君赞

1982年1月

司马相如遇文君，人虽贫穷才可依。

莫道当垆临邛里，待归王孙会有期。

司马相如卓文君，天下知音自古稀。

凤不飞来凰不舞，驷马还乡举世惊。

三月二十七日游花溪

1982年3月27日

花溪河水清又清，芳草萋萋白云英。

春风杨柳秀色美，人儿荡舟河中心。

樱花丛中留个影，小桥流水春日情。

漫步渌水青柳间，自在黄莺深树鸣。

晚籁①

1982年4月14日

山上烟袅袅，
山下人杳杳。
万籁静寂寂，
两三声啼鸟。

----

① 傍晚出游，空山旷谷，飘升着烧草皮灰畲烟。

兰赋

1982年

四季常青，馨其兰兮。

绿叶素蕊，生草间兮。

瘠土肥根，荫乔木兮。

不蔓不枝，其叶沃若。

餐风露寒，亮节高兮。

倩影独立，于天地兮。

默默无闻，静静而生。

涓涓若流，幽以芳兮。

太湖春晓

1983年3月29日

　　太湖春晓，柳上闻莺鸟。樱花含苞桃李笑，此日踏青，游人知多少。春姑娘醒来，梳妆罢，与风光相媚好。一片春情，一片妖娆。看三山远去，烟霭滔滔。春秋阁前，鼋头渚边，人儿倩影争留照。归来罢，满头落花，满是欢笑。

过三峡

1983年3月22日

雄奇伟岸长江娇，如丝春雨桃李妖。

长笛一声三峡过，巫山神女玉立高。

巫山神女碧云中，桃李春风盏然红。

最是三峡留倩影，花好月圆君再游。

春江春水真宜人，船过三峡一线飞。

眼前江山看不够，烟霭蒙蒙雨纷纷。

题九江烟水亭

1983年3月25日

烟水亭台夭桃春，湖色山光啼鸟闻。
好处尽被天地占，我游此间分一成。

题庐山仙人洞

1983年3月25日

流云飞漱波涛翻，万里长江不复还。

仙人得道乘风去，我留世间亦端然。

题庐山东林寺·怀渊明

1983年3月26日

聪明泉里金钱清，修行方知苦行僧。

渊明此间真迹在，绿茶金尊岁寒杯。

陶令宅前五柳春，晨兴荷锄采月归。

大江如练图画里，桃花源里彩霞飞。

陶令宅前五柳春，野草碧绿远芳侵。

歌吟庐山秀色峻，含鄱日出照美人。

题南京雨花台

1983年3月27日

夭桃含苞玉兰开，
雨花石下忠骨埋。
渝州浔阳花已盛，
江南晚春待客来。

题南京中山陵

1983年3月28日

云游江海到钟山，
清溪幽谷鸟鸣欢。
中山之陵高可仰，
桃梅芳菲春姗姗。

赤壁怀古

1983年3月

　　登临此关山，指点旧战场。当年英雄鏖战地，大江日夜流芬芳。孟德兵威雄，公瑾照天烧。战罢男儿三分立，各抒青史千秋笔。

　　而今我来游，诗意更今朝。上有游天之飞船，下有越海之高标。征服寰宇间，实在太渺小。赤壁雪山湧，沧浪莽滔滔。

游蠡园

1983年3月

范蠡真豪杰，雄才写春秋。

吴越征战地，我来钦英风。

尝胆佐越王，卧薪帷幄中。

不听子胥言，勾践遂灭吴。

十年凯歌还，天下收良弓。

功成身退隐，五湖泛舟翁。

过湘江怀念屈原

1983年4月

过此湘江水，吟诗投汨罗。大江图画里，向君漫叙说。人间风雨浩千年，忆君英灵映日月。忆今亘古参天树，埋没成炭生光辉。水为君之坟，风为扬波吹。烟波浩渺远游去，一丝银河天际归。鸟各有其鸣，树各有其芳，花各有其美，人各有千秋。心如秋皎洁，独醒为国忧。是非曲直谁能评，唯有历史是青天。行事能向历史作交代，方为明智称高悬。天下若是无明鉴，忠言能向何处进，沉冤能向何处雪。君不见子胥剜眼挂东门，比干剖心谢商纣。岳飞虽有《满江红》，英雄终遭刽子手。黄钟为轻蝉翼重，青天大道谁能走。世间沧桑千古事，多少烟云入梦中。忆君遗风万古存，掷地铿锵应有声。忆君形容枯槁吟泽畔，意惨惨兮心不惩。忠良已死，楚国安存？君投汨罗秦灭楚，直迎曲兮矢交坠。楚君不可谏兮，忠臣犹可奠也。比寿天地魂魄毅，词赋春秋日月悬。历史终为人民写，丰碑永柱干云天。大鹏高飞九万里，风簸银河沧浪烟。两岸青山啼鸟闻，忆君幽然在人间。

与典华兄留照①

1983年4月

人生闲息时，来游五湖云。

香炉②烟霭里，鼋头波涛声。

乡音归故园，羊肠九曲径。

青山环翠抱，花鸟藏幽林。

清夜一樽酒，共论手足情。

春与秋代序，天地悟真谛。

明月团圆时，频频达书闻。

----

① 回湖南长沙雨厂坪镇瓦灰塘牛眠村老家。

② 指庐山香炉峰，太湖鼋头渚。

游黄果树瀑布①

1984年8月

天下美景壮怀游，荒古白水出远峰。

黄果飞流前川水，涛生虹挂雾晴空。

秋凉千丝万漱瀑，夏雨惊涛急湍洪。

人生长随东流水，匹练如美诗画中。

----

① 黄果树瀑布由白水河飞流前川形成，瀑布在贵州省镇宁县。

登甲秀楼歌

1985年3月8日

甲秀楼台二月春，往来古今多少人。

明月清风依旧在，总闻儿女换新声。

鳌矶石上甲秀楼，江山胜境任君游。

一川碧波归东海，相邀岁月天际流。

阳春二三月

1985年3月10日

阳春二三月，柳暗杂花鲜。踏青邀女伴，冶游碧水间。摘花持在手，声声闻杜鹃。见有冶颜郎，荡桨心自闲。乌发垂前额，棹歌逸兴添。清阳凝玉露，英气贯丹田。并舟过莲荷，击水湿君前。见有窈窕女，芳龄正当年。头著玄蝴蝶，耳坠玉珠链。彩云飞雪腮，春情私自怜。

秋风吹涟漪，舟行水复绿。清脆人语响，但闻《并莲曲》。鸳鸯戏清波，翡翠林间逐。芳心在娇颜，偎依郎臂肩。仰天望明月，今夜月正圆。愿作合欢树，两心永相连。

霓裳羽衣曲①

1985年3月

唐皇梦里升月华，月华桂下仙舞欢。仙女如云鬒摇珰，霓裳曳带广袖宽。月华镜前理冶容，冶颜芳姿婉容容。散序六奏停云步，弱柳春风慵拂郁。芳心如水流君前，芳步轻柔随管弦。手把团扇半遮面，含娇凝睇不能言。彩霞生风云生翼，万里长天舞开颜。一枝梨花回雪轻，万丝弱柳袅婷婷。鲜唇皓齿掩面笑，长柱短促灿然频。磬箫迢递丽响绝，银河如沟繁星稀。玉兔姮娥入深冥，倒骑青天横吹笛。俄而宛转长引声，天歌仙舞乐靡靡。此曲初奏出秦楼，翻作《霓裳羽衣曲》。虹裳霞帔欢不尽，国色天香终日舞。小垂手后若轻起，妙舞婆娑惊回龙。太液芙蓉闻洞箫，未央宫前柳如腰，轻歌曼舞美人造。如水双眸清炯炯，蛾眉低垂若伴君，软起轻裙娇无力。罗衿藏濡香雾起，变徵角商总持矜。歌舞宛然终有尽，愿得天长地久时。帐暖香消金钿散，绿遍芳郊春鸟啼，云霞纷飞可奈何。

----

① 长柱短促：指箫笛等各种乐器。秦楼，代指唐代宫室。

舞蹈《涂山之夜》

1987年1月26日

涂山之夜静寂寂，流水呜咽禹不闻，涂山之女歌："候人！"

大熊拱石理乱水，女往视之心中愧，连天波涛归龙门。

涂山之夜静寂寂，怜爱相与尽欢娱，三过家门终未期。

深园①

1987年8月2日

深园几许，回廊处，莺歌燕语。秋千荡在白云里，轻鸿趁飞，数峰碧，万里正清澄。芳华簇簇，人影迷离，飞英簌罗裙。竹青柳翠，把浓荫送过，轻巧抚绿琴。长看溪水好，来上浣花亭。听婉丽，鸣画眉。

---

① 同学相聚，游玩园林。

凤鸣

1987年8月6日

衣冠来取人，大愚尽扫平。

若种梧桐树，引颈凤凰鸣。

高山流水曲，闻琴有知音。

伯乐相骏马，毛色不可分。

黄石赐兵略，漂母馈疗饥。

周公三握发，尚贤令人钦。

重游百花湖

1987年8月6日

看凝翠，入画屏，青螺黛色水中碧。微波兴，断崖壁，白鹭翻飞掠水凭，浅舟浪盈盈。却道湖光好，来上赏心亭。

游子吟，欢声娱，罗袂熏香奏鸣琴。松涛啸，卧白云，玉人鹤立袅婷婷，衣染浪花行。枝上画眉叫，爽风舞罗裙。山驰野性，鱼凫鸟道，森森随著远潮平。

沉香亭①

1992年9月24日

太白醉酒处，水阔天悠悠。

贵妃开口笑，皇恩欢未休。

一曲《清平调》，倾国动歌喉。

却为吟飞燕，赐金走它州。

天生美酒壮英雄，惧怀逸兴酣高楼。

高歌取醉千杯少，平调清唱半句收②。

沉香亭畔太白醉，羌笛横吹雁南秋。

生当青天揽明月，会把金樽酹远游。

唐代遗风今尚在，绿杨烟里水长东。

李白作诗壮游归，锦官城外百鸟飞。

明朝牛酒花下醉，风帽落笔生光辉。

---

① 沉香亭在今西安兴庆宫公园。

② 意为李白的《清平调》不该把杨贵妃与赵飞燕相比。

华清池·沉香亭·马嵬坡^①

1992年9月27日

华清池畔柳絮飞，明皇太真语长生。
池中长流温泉水，曾照玉妃汤沐归。

沉香亭畔细柳弯，碧波小桥玉阑干。
霓裳羽衣犹未尽，再也不见古人还。

美人千古在，倾国恨何长。
此墓秋色里，一览风骨香。
欢爱在君侧，死别到仙乡。
幸蜀归无语，来生漫思量。

---

① 杨贵妃又称玉妃，号太真，墓在陕西兴平马嵬坡，平定安史之
乱后唐明皇由蜀归来，到此凄然。

华清池 并序

1992年9月27日

华清池，乃天下胜境，盛唐遗迹，玄宗，贵妃温泉浴苑，依托骊山，峻秀苍黛。而马嵬坡下，六军不发，若不赐死贵妃，玄宗哪能从声娱歌舞中收心理政，平定禄山之乱。只是贵妃无罪须死，留下君王美人情长恨长之千古憾事。

华清池畔石榴红，黛色碧波两溶溶。

玉砌雕阑入画里，盛唐遗迹一览中。

千古兴亡多少事，古人今人不相逢。

国色天香何罪有，只在君王春宵浓。

春寒温泉洗凝脂，光彩照人只君知。

一舞霓裳回眸笑，百媚生辉步盈迟。

古人已去今人在，天下胜境作证词：

世间之美美永存，地久天长终有时。

秦兵马俑

1992年9月

骊山苍茫渭水流，秦王兵马一时雄。

洒扫六合统天下，二世而废成古丘。

沧桑有情人未老，岁月如梭白云悠。

男儿若创千秋业，文韬武略图谋宏。

游三苏祠

1992年9月

来游三苏祠，犹忆东坡诗。

人身虽可朽，精神万古流。

细脍肘子鱼，照肥黄花秋。

倏忽车轮转，匆匆又远游。

登峨眉山

1992年9月

峨眉凌天境，恍若太清游。

宝刹千年壮，云霞万古流。

峨眉对峨眉，雄峙天地间。

危仞安可仰，高耸入云烟。

绝顶依青冥，虚步临深渊。

光景瞬息变，云吞雾吐前。

舍身崖留影，天籁柱其间。

人卧白云上，漫漫云气轩。

举手摘星辰，险处心自闲。

濯缨银河水，砥刀天涯边。

挂弓扶桑归，会当饮园田。

秀色餐不尽，美景与人牵。

古木绕飞鸟，悬崖挂川泉。

茫茫云海里，悠悠亿万年。

不可与天语，此地近佛仙。

雄殿钟鼓鸣，佛光难相见。

极目眺锦绣，信步度溪涧。

猿猱拦路啼，下山一线天。

西安之长沙途中

1992年9月29日

朝歌^①鹿台乐靡靡，武王伐纣弹剑归。伯夷叔齐何饿死，封墓比干尚可碑。秦川八百东流海，太公八十钓渭滨。子胥沈江望东门，吴王灭国尚可悲。范蠡泛舟五湖上，西施何去云霞飞。悲歌击筑辞易水，图穷匕首慑王威。秦王一统天下毕，过犹不及自灭秦。桥边黄石子房期，淮阴市井笑韩信。夜郎鹿，黔山虎，各显本领求死生。草间兔，天上鹰，各自弯弓射月晕。乃知兵者为凶器，圣人不得已时必用之。霸王万人敌，此亦不足奇。治世是大道，人间得太平。仲尼闻道游列国，屈子求索吟泽畔。文王演《易》易何易，韩非《说难》难何难。孙子知兵击庞涓，管仲挽弓射齐桓。良将韬略将万马，羽扇运筹邦国兴。吾观自古贤达人，高山仰止名可钦。壮游江山览千古，人类历史更飞奔。

- - - - - - - - - - - - - - - - - -

① 朝歌，商纣王都城，在今河南淇县。

行酒词^①

1995年10月21日

美酒千家醉，开坛十里香。

明月金樽里，举杯共辉光。

五彩云霞天上飞，玉液茅台生光辉。

琼浆美酒今宵在，醇香四溢几芳菲。

美酒飘香香留杯，明月金樽共当挥。

此酒只应人间有，千拳百宴醉不归。

----

① 同学相聚，畅饮美酒。

记七月二日贵阳暴雨

1996年7月2日

倒海翻江肆虐为，贵阳盆地雨如盆。水满山川沟满壑，百年不遇从未闻。骤降二百二，昨夜暴雨至。阴霾几万重，雨云厚千尺。天漏若发狂，空中如海洋。直泻奔野马，汹汹暴怒王。暴雨森森来，狂风昏昏掀。吼雷撼神惊，奔电裂长天。奔电连雷吼，欲将天地巅。汪洋急湍，洪波涌鸣。浊浪排空，荒古苍冥。遇山摧崩，遇堵拔喷。漂禾淹屋，水天茫茫。共工触怒非如此，其势万钧安可当。

平明看贵阳，面目是与非。低洼处尽淹，陡土下滑坠。千家万户水中涝，甲秀不见浮玉桥。铁路中断公路塞，旅客被困家书隔。二桥北站山滑坡，河东河西路成河。冰箱彩电漂出门，野水乱奔漱射横。桥坍电断浪呼号，房塌屋垮有亡人。水口寺满深水口，两岸碧峰雾雨云。天若无情人有情，让过锋芒试英力，伐水撑竿救老幼，掘土挖泥雨淅淅。撒野过后力会尽，洪波消歇天叹息。政府武警齐出动，社会温暖照人心。重整家园须治水，战天斗地人可行。世世代代须牢记，防洪抗险莫可轻。

夜郎春美①

1997年3月8日

山上桃花两三枝，溪边水暖拂柳丝。

最是莺啼好风景，夜郎春美可君知。

修竹亭亭人独立，几闻幽兰几闻莺。

东风红遍花千树，流水高山云霞轻。

繁花似锦年年开，小桥流水独徘徊。

二月春风并刀快，剪取如美诗画来。

黔灵山麓百鸟喧，花溪河畔柳如烟。

无人识得东风面，情满人间春满园。

- - - - - - - - - - - - - - - - - -

① 贵州古称夜郎国，黔灵山在贵阳城西。

誓同心

1997年3月

当持红花两三枝，待君不来依柳思。

却把日头看过去，还未傍山来早时。

歌儿甜，风儿听，幽兰青青采芳馨。

满蹊梨花嫩枝头，满树桃花满树莺。

水盈盈，浪轻轻，对影红妆理云鬓。

木叶声声心扉动，郎君捉我花间擒。

柳绵绵，人依依，流水溪桥语渐稀。

长河欲晓鸡欲啼，薄雾轻纱沾裳衣。

鸳鸯情，儿女心，十里送君明湖滨。

海枯石烂抱信誓，关山月明黔山青！

山月明①

1997年7月26日

石瘦花木深，路傍碧溪行。

竹翠云楼浅，桂香山月明。

一曲清歌起，万千欢愉情。

男儿得聚首，酒香杯莫停。

----

① 朋友们相聚于花溪平桥。

花溪河畔对歌①

1998年春

桃花枝上闻莺语，桃花枝下人未语。

清水碧波鲤鱼游，杨柳春风歌声起。

一声一声又一声，哥唱山歌妹答音。

唱到明月满枝头，唱得夜莺梦中听。

投石击水波连波，妹织锦彩梭连梭。

蜜蜂采蜜甜又甜，山歌飞出心窝窝。

弯弓射猎坡连坡，哥唱山歌歌连歌。

三钧之力可射月，一点灵犀唱几多。

花溪河水清又清，春光明媚花流莺。

哥唱山歌情意长，妹唱山歌情意深。

花溪河畔对歌声，云霞飞舞映芳菲。

欢歌对唱垂柳下，共度清风明月辉。

----

① 春日许多青年男女在花溪河畔对歌。

黔灵山爱鸟展

1998年春

没有鲜花哪有蜜，伐尽树木岂闻莺。

爱护生态大环境，美好家园处处春。

斧下留情枪留情，树在鸟存百兽兴。

花草繁茂人间美，莺歌燕舞万代春。

游春①

1998年春

总爱天地壮怀游，春光美景眼底收。

一川春水碧如染，两岸垂柳荡回舟。

满蹊桃李争锦绣，连峰松柏照晴柔。

夜郎山川秀色美，流水溪桥彩云中。

---

① 游花溪十里河滩。

山趣

1998年春

青松夹道凌苍天，古木飞鸟挂川泉。

山趣自有人来赏，汗流浃背也欢颜。

五羊石①

1998年春

五羊之石色斑斓，照见羊城越秀山。

天下自此风雨顺，五谷丰登六畜欢。

雕塑艺术皆杰作，旷世精品任述删②。

放眼现代大都市，流光溢彩云霞丹。

----

① 重观1990年到广州照片作。

② 意指留存下来的旷世精品任由历史的考验评述都不会被删除
淘汰。

晚春

1999年4月25日

晚春登山游，青山杜鹃红。
连峰燃火炬，山色照空蒙。
岭含千秋霞，人喜百阅目。
梓木伴槐树，花叶压枝浓。

夜郎春光美，山色犹更佳。
杜鹃遍山崖，火红照人家。
山落千峰霞，岭开万树花。
游子踏青处，流连在山垭。

五月

1999年5月1日

五月鲜花红烂漫，杜鹃欲燃石榴绽。

草长莺飞杂花丛，莲秀鱼游清水泮。

坡头风吹青苗嫩，田间牛耕小犊唤。

青山处处好风景，云霞漫步流水潺。

渔趣

1999年夏

袅袅河池柳，荡荡青萍生。

日高鸟飞倦，风吹浪不惊。

蝉鸣知林静，鱼游羡渊深。

竹竿何不钓，一叶未收鹰。

甲秀楼秋吟①

1999年9月20日

天涯芳草，近中秋，月满楼。正桂子飘香，烟柳如簇。芳杜洲头，雾卷云舒。南明堂畔，浮玉流沟。耿星河鹭影，高楼霓虹。秋气清澄银燕飞，车水马龙繁华辏。人生代代无穷已，今夕何夕春序秋。千古江山，万里云鸿，着我随意逍遥游。长随东流水，秋吟甲秀楼。

----

① 甲秀楼位于贵阳城南，居南明河中鳌矶石上，下有一小沙洲名芳杜洲，并有浮玉桥连斯楼以交通两岸。

中秋①

1999年9月24日

晚游甲秀楼，流水欢韵。天青气澈，月如镜，更无一丝云。碧空如洗，长河鹭影，星辰深邃。浮想吴刚挥汗伐桂香，正当人间良宵度佳节，于是歌曰：

鹊桥织女弄机杼，迢汉流沟灌桑田。

婵娟何日初长成，团团圆圆挂青天。

碧海青天偷药人，泪痕寂寞舞翩跹。

昨日阴晴今日圆，谁识悲欢睹芳颜。

倚楼放歌流水上，长随金樽共婵娟。

大鹏垂翼上青冥，欲挽银河落九天。

天荒地老今何夕，唯有盘古长相见。

今日中秋明月夜，皓魄辉映照人间。

- - - - - - - - - - - - - - - - - -

① 婵娟：月亮。偷药人：嫦娥。盘古：神话中的巨人，有盘古开天地的神话传说。

游阳明洞①

2000年6月30日

祖国山河壮，田园空气新。

慕游阳明洞，来把先贤钦。

山幽古木秀，洞居士则名。

崖间勒石上，处处有遗迹。

倦依磐石睡，梦中山月窥。

知行虑合一，断事不刑威。

人生若计荣与辱，不可成就大事业。

守仁先哲皆典范，穷途僻壤却静心。

求索天地道理事，面壁推敲笔论文。

泥肥养育稻花香，泉清明鉴羁旅人。

野簌炊烟与夷乐，淡泊宁静意气横。

明月清风长相照，先生之名传世闻。

----

① 2000年6月30日游记，洞在贵州修文县城边广可百米、高约20米
小山上，古木参天。

先生遗爱处，悠悠白云生。

苔深石径斜，山幽月近人。

居之何陋有，严霜伴孤灯。

寒凝滴清响，露醒事躬耕。

朝霞铺锦彩，暮霭燕低飞。

面壁洞天大，悟道得归真。

重游黄果树①

2016年11月7日

彩虹出水映日升，黄果瀑布前川飞。

银涟坠潭鱼鳞起，黄葛古榕抱石生。

洪荒乱水野性美，绿肺氧吧幽谷深。

千古江山今极目，壮游情怀笑语声。

----

① 丰水时，银涟坠潭瀑布呈片片鱼鳞状，漫于石幔上，蔚为壮观，且极其汹涌，坠入暗河。黄葛古榕及各种古树的根，直接裸露抱着在巨石缝中生长。以此称黄葛树瀑布，谐音习惯就有了黄果树瀑布的名称。每当日照，必有彩虹，如美诗画。

游贵州贵定县盘江镇金海雪山

2017年3月15日

菜花盛开李花香，金海雪山好风光。

碧水缭绕大田坝，青山秀出云斗旁。

燕子归来蜜蜂忙，钓竿闲适白鹭翔。

最是三月踏青处，轻纱柔曼柳丝长。

游黔灵山

2017年1月28日

初一正逢大晴天，日照黔灵生紫烟。
万千人潮齐涌动，进香拜佛把柴添。
红红火火过日子，欢欢喜喜迎新年。
七星塘畔春意闹，中华强盛史无前。

聚会^①

2018年10月8日

江山千古在，人生岁月长。

老友重相会，友谊传芬芳。

玉水绕金盆，青山环水泱。

欢歌忆往昔，盛会喜洋洋。

- - - - - - - - - - - - - - - - - - -

① 时值贵阳下平塘知青五十周年聚会，桂花飘香。平塘县城是青
山环玉水，玉水绕金盆的美好县城。

回平塘①

2018年10月

金秋时节好风光，我们回到二故乡。

乡亲盛情来款待，齐把美酒共品尝。

五十年前来这里，辛勤劳作汗如雨。

如今家乡大变样，日子红火心欢喜。

天涯芳草落日圆，牛羊归来下夕烟。

风送桂花香十里，满寨灯火人声喧。

架柴歪歪篝火旺，唱歌跳舞在一堂。

大家奔着幸福路，红红火火向远方。

莫管五音全不全，但为开心尽欢颜。

犹忆当年青春路，阅尽春秋只等闲。

----

① 10月6日我们来到贵州平塘县通州镇长寨新寨上山下乡五十周年
聚会，这是我们家共19人贵阳知青的第二故乡。第二天贵阳下平塘
知青百多人到平塘县城聚会。

壶口瀑布

2018年10月

千里黄河最险滩，壶口瀑布名斐然。

惊涛声震云天外，势不可挡决山川。

茫茫沧海奔腾去，滚滚东流壮波澜。

请君一掬黄河水，浪淘千古终不还。

游贵州龙里县双龙镇巫山峡谷

2018年10月

芳草沿溪碧，桂花别样香①。
索桥悠悠晃，领略大洪荒②。

----

① 别样香：即桂花的香味，夹杂着山谷里芳草的浓浓芬芳，更有着很别样的芳香。
② 大洪荒：眼前美景，是由沧海桑田，千古洪荒造就的。

大红喜字向阳开

2019年9月3日

男　春自花开人自闲，赏花过岭五柳前。

　　一掬春水发棹歌，清波待得月儿圆。

女　春日梳妆乐融融，与哥相约南山头。

　　这边起歌那边唱，满坡桃杏满坡红。

男　坡对坡来岩对岩，坡头山歌唱起来。

　　哥唱山歌不着调，心如扑兔老发呆。

女　山歌心想口唱成，一声山歌也动人。

　　妹把山歌坡头唱，哥对山歌垅底闻。

男　年年坡头花盛开，花艳曾照美人来①。

　　哥想阿妹想着迷，妹想阿哥想得呆。

- - - - - - - - - - - - - - - - - -

① 曾经的每年春天，云霞灿烂之时，艳丽盛开的鲜花映照着前来赏花的姑娘，更加楚楚动人。即所谓云灿想容貌，花艳照美人。

女　年年红花开得鲜，蜜蜂采蜜恋花开。
　　哥若唱得鸳鸯走，妹子定会跟哥来。

男　阿妹要唱鸳鸯飞，先试几多才情归。
　　什么尾巴有脊骨，什么尾巴是羽毛？
女　听哥说唱鸳鸯飞，难为哥试才情归。
　　汗血马尾有脊骨，凤凰尾巴是羽毛。

男　妹要唱得鸳鸯飞，花前月下诉心扉。
　　一生一世心相疼，白头偕老永不分。
女　莲花荷池鸳鸯飞，鸳鸯水面卿卿追。
　　哥疼妹子妹怜哥，相伴终生永相随。

男　山对山来岩对岩①，云霞漫步歌声来。
　　山歌唱得九个夜，一对鸳鸯滚出来。
女　山对山来岩对岩，高山流水歌声来。
　　青藤缠在大树上，哥到哪里妹跟来。

男　哥一声来妹一声，情如江河万丈深。
　　妹是大树哥是藤，缠在妹心疼不疼？

----

① 青山对峙，云崖对垒，水拍云崖，山水相依。

女　心最疼时爱越深，疼爱相与永不分。
　　哥是大树妹是藤，缠在哥心共一生。

男　溪水石桥细柳弯，哥唱妹和两相欢。
　　歌声逢山又绕水，七彩鸳鸯戏河湾。
女　流水溪桥细柳弯，妹唱哥和心相欢。
　　歌声绕山又过水，甜甜美美在河湾。

男　人间芳菲三月天，河水清清垂柳鲜。
　　东风吹红花千树，蝴蝶翩翩鸟鸣涧。
女　芳菲人间三月天，万紫千红春如烟。
　　蝴蝶双飞七彩翅，甜甜美美采花间。

女　阿哥就在我身旁，心如枣花甜又香。
　　阳雀飞上高山顶，美妙歌声送给郎。
男　阿妹就在我身旁，心如山花正怒放。
　　蜜蜂飞入鲜花丛，美妙歌声情意长。

女　春茶当采就要采，谷子当收就要收。
　　红花该美就要美，摘取美景装衣兜。
男　春茶当采谁不采，谷子当收谁不收。
　　阿妹长成哥当娶，结成连理共白头。

女　一叶轻舟双桨划，一对燕燕比翼追。

　　妹在船头哥在桨[①]，两岸青山放歌飞。

男　送妹一程又一程，一川碧波白鹭飞。

　　孤舟出没波涛上，两岸青山放歌归。

女　风软草柔歌儿甜，纸鸢趁飞碧云天。

　　才过溪头清清水，几滴山雨洒花前。

男　风软草柔一身轻，竹马芒鞋[②]过桥溪。

　　细雨才洒花露去，又闻娇莺恰恰啼。

女　阿哥送妹到家乡，寨口惜别两难忘。

　　风雨桥头长挥手，涕泪涟涟洒花香。

男　阿妹家乡好风光，吊脚楼台水一方。

　　明花翠柳开口笑，碧峰插天云锦张。

女　山对山来岩对岩，欢欢喜喜回山寨。

　　曼妙梳妆望阿哥，吉日良辰娶妹来。

- - - - - - - - - - - - - - - - - - -

① 妹在船头唱歌，哥在船尾操桨唱和，歌声飘过两岸青山，送妹归家一程又一程。

② 学小时候骑着竹马，鞋上沾了些草芒。

男　山对山来岩对岩，群玉山①头娶妹来，
　　花车载得天仙②走，幸福美满喜心怀。

女　隔山过水到云台，跟着阿哥于归③来。
　　鲜花把种大喜字，大红喜字当阳开。

男　山清水秀回云台④，迎娶阿妹洞房来，
　　鲜花种成大喜字，大红喜字向阳开。

- - - - - - - - - - - - - - - - - -

① 是神仙居住的仙境之乡。李白《清平调》中有"若非群玉山头见"。
② 比喻新娘是从群玉山娶来的仙女，这里是赞誉新娘之美。
③ 指女子出嫁。《诗经》：之子于归，远送于野。
④ 新郎的家乡。

游贵州赫章县韭菜坪

2019年9月12日

高高山顶韭菜花，云里雾里沐彩霞。

风吹半坡牛羊见，前川飞瀑风车哗。

断崖绝壁危千仞，深溪幽谷人几家。

登高壮观天地间，十万峰丛关山斜。

　　记：这些野生韭菜花为什么会生长在海拔2777米的高寒山顶上，真是匪夷所思，世界奇迹。山顶有数平方公里，都是韭菜主生的草坪，故称韭菜坪，是世界上最大面积最高寒山顶的韭菜花坪，距赫章县城约30公里。山顶高寒，无有所争，不见一棵乔木，这也许就成了韭菜花的天堂，真想不到这柔美的山花却一身骨傲，无有畏惧。花海如霞，花开繁茂，无有大红大紫，却是那么素净淡雅，娇艳玉立。我们在山顶两小时，人多热闹，尽兴留照，却来了三次雾起雾落。瞬间雾起时近不见人，一会儿雾散时霞光万道，七彩映花。半山坡上全是斜坡草坪，牛羊悠闲地吃着草。

草青羊欢，黑山羊咩咩而叫。山顶的前川悬崖上，挂着溅珠坠玉，珠玉如瀑的泉水，飞流直下。山顶风大，吹动风车哗哗作响。这些风车群发的电，也许够整个赫章县用。

极目四眺，峰峦叠嶂，壮阔延绵。万千峰<u>丛</u>，犹如雄关漫道，万马奔腾，延绵可见数十里远。山高云步，断崖绝壁。落差数百米山下，溪谷人家，玉米叶黄。层林苍翠，路转峰回。云霞可染，山水墨画。

十万峰<u>丛</u>拉开大幕，与幕云齐平，于是又歌曰：

一程山水一程人，千里目送万里云。登高壮观天地间，十万峰<u>丛</u>幕云平。

读诸葛亮《出师表》

2019年10月15日

古有《出师表》，今有出师人。

壮志出关山，九垓没烟云。

英雄真豪俊，亮节天下闻。

如何五丈原，教人泪沾巾。

读岳飞《满江红》

2019年10月

岳飞英名垂汗青，诗书才华气纵横。
欲见沧海横流里，板荡立刀第一人。

女儿生当作人杰，男儿横刀云和月。
身逢社稷危亡处，壮志渴饮匈奴血。
轰轰烈烈向死生，莫等白头空悲切。
沙场风烟八万里，纵马挥缰没晓天。
此身辞别易水去，直指苍穹下龙泉。
光焰万丈旭日出，喷薄东方彩云间。

千古江山万里云，人生何处不征程。
纵使大鹏九垓上，会当击翼簸沧溟。
水穷云起奢侈事，大漠孤烟晓月明。
男儿报国岂回首，雪满弓刀马嘶鸣。

会友人

2019年秋

经年一别后，与君喜相逢。

水映银河浅，月照芳林幽。

把酒东篱下，一醉始方休。

时光抛人去，长歌怀旧游。

偶成

2020年春

天高白云浮，地远大江流。

天荒地老时，乾坤自出没。

即兴①

2020年2月24日

春风十年少，
花上枝头俏。
一双黄莺儿，
对唱最喜好。

----

① 今日太阳暖暖的，小区大花园里听黄莺对唱。春风吹人身心爽，
人好像年轻了十岁。

春居

2020年春

山鸟鸣啾唧，
群芳盛妆居。
娇美红玉兰，
更挽东风依。

丽日风光

2020年春

丽日风光，桃李花香。

之子于游，薄言采芳。

行至小桥上，倒映水中央。

清水如明镜，对影理红妆。

黄莺与春语，婷婷春姑娘。

却有渔家子，放舟来荡漾。

停桡一相问，载我下东乡。

梁上燕

2020年春

梁上呢喃见，
河边穿柳现。
飞飞捉青虫，
归归哺雏燕。

河上鸭

2020年晚春

几只小黄鸭，
拍翅水中划。
划到柳丝下，
嘻嘻戏莲花。

吾庐

2020年春

水穷云起处，
漠漠白鹭飞。
年年碧水流，
桃花为谁春。
竹榭闻鸣琴，
柳苑读书声。
吾庐青山下，
问君归不归。

春分游^①

2020年3月20日

山桃花开山上红，无边春水拍山流。

海棠樱花繁艳艳，垂柳青青秧鸡凫。

春分时节乐融融，人随莺飞采芳游。

花鲜花美镜中看，明镜春水绿如油。

赏花人少，溪头青青草。

日暮春分花睡了，渺冥幽静最好。

海棠繁杏斗艳，山桃红满花梢，

绿野徘徊何处，明朝春枝袅袅。

十里河滩可君娱，宠柳娇花流莺啼。

一川春水碧如染，溪头芳草路欲迷。

- - - - - - - - - - - - - - - - - - -

① 游贵阳花溪十里河滩，龙洞堡双龙公园，至暮而归。

朝霞暮霭垂钓翁，春花秋月不相离。

今日阅尽溪边花，还羡云起还羡鱼。

柴扉开处桃李花，流水溪桥是人家。

杨柳青丝着地垂，碧峰掩映蔚彩霞。

古离别

2020年春

其一

青山隐隐路斜斜，长亭芳草遍天涯。
几丝垂柳轻拂地，一接芳菲泪铅华。

杨柳依依送离别，我心依依香腮雪。
犹忆郎骑竹马来，无言坐看云和月。

青山隐隐路斜斜，离愁别怨落谁家。
小楼几丝春雨过，人抱琵琶月照花。

青山隐隐路斜斜，燕燕呢喃落谁家。
绿萼红芳依旧在，随风吹度到天涯。

石榴花开红满枝，热烈奔放可君知。

打起黄莺谁教啼，啼时乱我梦中思。

青山隐隐路斜斜，别梦依稀归金甲。

提得楼兰还家山，儿女嬉笑织桑麻。

其二

小楼秋千轻荡，荷花红，思君不见慵慵整芳容。

水如镜，风吹皱，山万重，雨丝织尽江南梦里愁。

红玉兰

2020年3月12日

天姿红萼映雪腮①，容容浅晕束素开。

群玉山中花仙子，霓裳羽衣乘风来。

众芳袅袅枝头俏，软柳依依细叶裁。

东风描绘春光美，瑶池阿母醉心怀。

玉兰亭亭玉立开，红萼浓妆依雪腮。

左有含桃②右有李，群芳艳艳斗春来。

----

① 指红玉兰花瓣外红内雪，相映成趣。

② 即桃红李白，泛指姹紫嫣红的各色花卉。

春日

2020年春

春日游春意，自在过河梁。

绿树分青霭，溪柳垂丝长。

山光悦鸟性，云深牧牛羊。

儿女发棹歌，碧水直荡漾。

东风洒花前，娇艳使君尝。

题贵阳永乐桃花

2020年3月15日

灿烂桃花如霞开，微风轻灵起舞来。

百般红艳斗春处，无边锦绣枝上裁。

桃花枝上尽是春，灿如云霞齐芳菲。

千树万树花开处，满坡满野红满村。

春趣

2020年春

风吹碧波正荡漾，云漫溪桥流水长。
左岸桃花右岸柳，水映桃花花映裳。

山南山北纤云轻，过尽溪桥柳色新。
忙趁东风采桑女，放歌缭乱莺啼声。

春雨霏霏春草长，一泼春雨洒给郎。
竹杖芒鞋浑莫怕，羡鱼还须来日长。

溪边水暖浮鸣鸭，儿女靓妆赏春华。
柳丝软软依人垂，素手纤纤欲拂花。

踏青女伴香径处，海棠胭脂美如秀。
一泼春水发清歌，鲜唇皓齿笑里露。

樱桃小口胭脂唇，笑不露齿情真纯。
采菱歌声若轻起，惊得白鹭飞不成。

红花褪妆是绿裳，秀出青杏细叶张。
绿野不知春归处，由得莺飞春草长。

春山春水春雾茫，远山云渚雾中藏。
五柳溪边蓑衣翁，竹竿袅袅垂丝长。

碧波轻轻风摇摇，微雨丝丝柳映桥。
燕燕盈盈莺莺娇，飞上云天逗妖娆。

游贵州大方县九洞天

2020年10月27日

九洞天下奇，山高流水碧。

舟行萦回声，歌吟情欢娱。

绝壁依栈道，巉岩危嶙峋。

今朝游人处，荒古造沧溟。

夏日

2020年夏

秧鸡浴水卿卿歌，
闲步走过溪桥多。
风举荷叶玉团团，
荷花亭亭泛清波。
鱼戏田田蜻蜓梭。

夏日黄鹂深柳歌，
微云欲度溪桥多。
露似珍珠滚荷叶，
荷出涟漪艳清波。
落日斜辉满星河。

游贵州紫云县格凸河①

2021年10月5日

一程山水一程人，风光美景那畔行。

云外人家一声鸡，畅饮苗寨尽欢情。

格凸天下奇，山青流水碧。穿洞透天镜，蜘蛛倚绝壁。

苗王按剑起，绝地挂天立。洪荒造锦绣，舟行随飘逸。

----

① 云外人家：指格凸河里面的苗寨自古以来就是真正的世外桃源，
唯有舍舟可入。穿洞：就像挂在天上的透天镜。苗王：剑峰直指
云天。

第二篇
现代体诗篇

春风

1982年4月

春风以她轻轻的口吻，

亲吻了大地的面庞。

春风接过了松柏身上的霜衣，

把杨柳的披肩长发吹拂。

春风揭开了桃树的面纱，

她的脸颊是那样绯红。

春风拖动长长的彩裙，

把黄莺也邀来一起同游。

太阳把自己的温热给予春风，

细雨把自己的玉露给予春风，

翠翠的兰花把自己的清馨给予春风，

呵，她变成了暖风，润风，香风。

大地把自己的心音给予春风，

使她变成了快乐之风。

动人的鸟儿歌唱起来了，

春风伴随着优美的旋律，

翩翩起舞。

忽儿在菜花毯上打滚，

忽儿在麦浪尖上撒欢，

忽儿在草地上婷步[①]，

忽儿又驾着云彩，轻轻飘忽。

春风坐在小河旁，

对着明镜般的河水，

梳妆打扮自己。

小河水终于不能平静了，

泛起一长串一长串的涟漪。

小鱼儿跑出来叫道：

春风姑娘，

你这样轻盈的步履，

为什么不早点把我叫醒？

翻越了多少山峰，

涉过了多少急流，

春风来到了我们中间。

雷公公在云中擂起震天大鼓，

- - - - - - - - - - - - - - - - - - -

① 婷步，即婷婷漫步。

电婆婆扯出了亮亮的闪光，

小白杨笑弯了腰，

李花儿激动得掉下了泪珠，

蜜蜂，蝴蝶，蜻蜓都飞来了，

他们一齐手拉着手。

春雨来了，

她庄严地宣告：

我要把美丽的春天沐浴。

啊，

我们相会在春天，

不，

我们相会在花间，

来把筑地的山水游园。

春风像活泼的少女，

来到我们跟前。

小白鹿在草地上撒欢，

小松鼠在树枝上跳跃。

只有春风这俏皮的姑娘，

在樱花盛开的丛中，

轻歌曼舞，

旋裙翩跹。

我们在芳林中留影，

在清流上荡舟。

我们漫步在幽静的松涛林海里，

我们徜徉在山寺的黄钟月亮门前，

啊，

我们在春光里流连。

我们走过了小桥流水，

溪流石磴，

登山远眺。

美好的生活啊，

永远也值得我们怀念。

起码的人生

1984年4月17日

她是一个黄花少女，

走在绿茵芳菲的林间。

当我目睹了她的容颜，

宛如一个娇美的天仙。

我们相识时，

她是那样羞涩。

额发上还含有稚气，

初恋怀抱了她的心田。

那是一个幽静的夜晚，

月光飘入山谷，

罩上一层微微的白雾。

我们来到湖边，

碧波涟涟，

垂柳依依。

她抚舞弹琴，

倾诉了少女的深心。

啊，

忠于爱情，

忠于生活，

这才是起码的人生。

我愿意在生活的花瓶里，

插上一束馨香的玫瑰。

在春之日，夏之夜，

我和她一道下地耕耘，

一道河边洗衣，

一道对几夜读，

一道漫游嬉戏。

美好的生活啊，

是我们追求的幸福憧憬。

小玛丽

1984年4月19日

从远古走来的，

是浩魄的大川，

奔腾的寰宇。

向未来走去的，

是飘忽的云彩，

人们的脚印。

在现实中展现的，

是姑娘的丰采，

英雄的志趣。

记得在春天的花丛中，

儿时的梦乡里，

春风还在树枝上沉睡。

窸窸窣窣的草动声，

惊落了兰花夜来的泪水。

是谁？

是一位美丽俊俏的少女，

哦，原来是小玛丽。

唧，唧，唧，

我学小鸟叫逗她，

接着帮助她打好柴，

还采了鲜嫩的竹笋，

放在她的篮里。

时光流逝，

我们懂得了征战的意义。

"男儿及成人，

终当誓远征。"

亲爱的小玛丽，

我就要离开你。

小溪旁，

我把磨好的宝剑，

插进鞘里。

她像飘忽的天鹅，

来到我的身旁，

依着我的战马，

抚弄着鞍上的征衣。

她的身段更加出落得丰匀，

在她的胸脯上，

早已体现了大姑娘的神韵。

她来了，

还需要什么言语，

沉默，

良久的沉默，

"你要走了。"

她终于只有这么一句，

扑倒在我的怀里。

"玛丽，小玛丽。"

我轻轻地呼唤着。

她睁开朦胧的双眼，

凝视着我，凝视着云彩，

忽然，她放声哭泣。

大道上，远征军的步伐，

喧嚣远去。

在村外小桥边，

今天她打扮得格外美丽。

她把乌发扎成一条辫儿，

垂在前胸，抚弄在手里，

好像是说：

"我等待着你。"

她的美富饶而生动，

我给了她轻轻的一个吻。

在她清亮的黑眸子里，

倾注了多少儿女的深情。

我安慰她说：

"胜利以后，就及早回来看你。"

正当我们庆功祝捷的时候，

鸿雁飞来，

一方丝帕，

上面有她娟秀的笔迹，

"向维纳斯保证，

我永远属于你。"

多么坚强的女性，

伟大而平凡的心灵。

这一天终于来到，

胜利的旗帜，

在寰宇的太空中飘扬。

在御甲回乡的路上，

轻风在大地上回荡。

桃李盛开，芬芳四溢，

人们的业绩，

使生活更美丽。

她倚在那棵槐树下，

眺望远方，

欢欣地向我跑来，

吊在我的脖子上。

她俊美的脸上泛着红晕，

像一朵清水荷花，

一株亭亭玉立的白杨树。

我对她说：

"你依然是小玛丽。"

她依偎着我，

轻柔地说：

"从今以后，我们不再分离。"

我把剑挂在悬崖上，

换上了游泳装，

现在我才轻松地感到，

生活是这样自由、欢畅。

亲爱的人儿，

但愿我们，

地久，天长。

小白云

1984年4月26日

那是一个晚霞飞舞的黄昏，
我来把夏日的芳馨濡闻。
河对岸坐着位姑娘，
正在那捧着书本凝神。
我不想惊动她，
却蓦然看清了，
那是我少年时代的伙伴，
小白云。

深沉的梦境，
使我陷入了回忆。
在春日桃杏的风光里，
嘤嘤的莺啼声中，
我种下玫瑰，
她种下百合，

花圃里还将盛开出，

娇艳的芍药。

我们大家在一块游戏，

捉迷藏，

一起在花间追逐。

这些都成过去，

而今我愿意，

沿着哲人踱步的小道探索。

河水从小桥下流过，

暝色从天边幕合。

光线暗下来，

我才打扰她说：

"小白云。"

她认出了我，站起来，

高兴地和我握手，

我们寒暄着。

她转动素净的连衣裙，

邀我到她那儿玩耍。

她的身姿轻盈细致，

早已长成当代标准的维纳斯。

"你现在看些什么书？"
"我在看莎士比亚，普希金。"
我们走进她的书房，
书架上，柜头上，
到处摆满了爱因斯坦、但丁，
还有杂乱的稿纸。
她向我提起了《庄子》《易经》，
我们谈起了康德，宇宙的古今。

啊，宇宙的来龙去脉，
真谛的探索，
谈何容易，难题一大摞，
然而，我们岂非在高山下住脚。

"修养艺术，陶冶情趣，
这原是生活的本性，
我愿意生活在山水田园之间，
挽弓于科学沙场之上，
这是我一生的志趣。"

她也对我说：

"生命在于自强不息，

明智者择善而行。

人的价值，

应该根据自己的智慧和能力，

在相适应的事业位置上去实现。"

时空，物质，运动，艺术，社会，生命……

这一切，都是我们谈论的中心。

累了，弹琴，

渴了，啜饮，

还可以到芳林中漫步，

河边去嬉戏。

这就是可塑的人生，美好的生命。

人类是最高的生命阶段，

人类是天之骄子。

我似乎看见了，

她有血有肉的青春。

林荫下的沉思

1984年

在淡淡的月痕中，

静静的树荫下，

风悄悄，影悄悄，

人悄悄。

今夜，我要走了，

但好像在这里留下了什么。

秋云掠过，

小溪在低低地诉说。

脚印，

深深浅浅，

明明暗暗，

哦，带不走的脚印。

记得在生活的岁月里，

晚饭后，闲憩时，

我总喜欢把自己的脚印，

印在这沙石小道上，

在青草地，河池旁。

小桥上，垂柳下，

我来回，徘徊，

一串串地，留下的，

尽是思索。

我愿意，

这是一条哲人之路，

从此岸到彼岸，

一年年，一度度，

旧柳新绿，人迹空去，

江海悠悠。

徘徊的路总在眼前，

思索的路却无限向前，

延伸，延伸。

如果硕果累累，

或将一事无成，

都不要忘记，

这美好的月色，

幽深的林荫，

玫瑰般的梦。

海燕曲①

1984年

飞吧，海燕，

迎着波涛，

向着幸福，

生命的航船已经扬帆。

展望你的未来，

是锦绣的前程。

诗一般的理想，

并非高不可攀；

火一般的热情，

并非能够熄灭，

生命是一颗闪闪发光的金石。

飞吧，海燕，

在浪花尖上翻滚，

- - - - - - - - - - - - - - - - - -

① 余兄同学赠言有"诗一般的理想，并非高不可攀"语，遂作。

在风云急骤中盘旋，

大海是多么辽阔，

天空是多么高远。

飞吧，海燕，

展现在晨曦中的，

是彩霞缤纷的明天。

永生的美

1985年8月

你是鲜花之美的化身，

你是纯洁之美的精灵，

你是优美的旋律，

你是芳格兰的香云。

啊，你真美，

不用微吟，

不用歌唱，

当我看见你细宛的英姿时，

就会觉得你最美。

你的芳步流连于回廊溪亭，

幽谷曲径。

在黔灵山麓，

花溪河畔，

到处都留下了你的倩影。

我还记得，

在清爽的夏夜里，

明静的月光下，

你轻起的翩翩罗裙。

这是终生难忘的欢送会，

在这团圆分别的时刻，

祝愿你，

颐颜珍重，

怡养心扉。

别了，

一去就别了，

但是，你还在眷念着什么，

在人迹空去的路上，

你翘首企望。

但愿你的歌声，

带给人们欢愉，

但愿你的舞姿，

给人们留下美好的记忆。

黔灵湖畔①

1986年9月22日

在湖对岸的芳林边，

在常青树下，

她袅袅地走着，

那么娴雅，

那么雍容。

就连衣裙的摆动，

也充满了，

神韵般的节奏。

她时而莲步，时而停留，

好像在寻找什么。

其实，她是在欣赏小山果，

为什么长得那么圆润。

就连一片小树叶，

----

① 黔灵湖在贵阳黔灵山下。

也向她展现了霜红。

俏皮的小蜻蜓，

在她面前停留，

待捉去，

小家伙扑翅飞走。

可她香巾罗袂。

趣味无穷，

依然是袅袅婷婷，

停停走走。

小心，

别惊动了鱼儿，

可鱼儿却跃出水面，

向她摆头。

在石砧上，

她对着湖水，

理一理微乱的长发，

涟漪摇曳着她倒映的芳容。

青山，白云，

小桥，流水，

大自然与生活融洽得这么美。

她在那儿沉思，

是否告别了儿时的捣衣声。

她肩着尾须的荷叶包①，

金丝绒面，阳伞撑情②，

正是古饰的现代发挥。

她倚着青青草坪，白玉阑干，

微微含笑。

她的容光，

她的丰采，

快门按下，

为她留下了这美好的一瞬。

她像一位女神，

把慈爱铺向大地，

把幸福洒满人间。

- - - - - - - - - - - - - - - - - -

① 此句意为她背着两下角带有尾须的荷叶形状的包。

② 阳伞撑情，意为她撑着伞，也撑着浓浓的游兴之情。

一片绿叶

1987年

我送给你一片绿叶，
这是一个美好的春天。
当玉兰花开的时候，
可曾知道我深深的怀念？

我送给你一片绿叶，
带来梦中美好的祝愿。
当春风拂郁在你的身旁，
可曾忆起我们戏水的河边？

多少春风和沐的夜晚，
多少秋日隽永的黄昏，
我们若影若现，若即若离，
倾诉在温馨的和明月的林荫下。

离别不会久远，

相会就在眼前。

这一片深深的绿叶，

佐证在我们团圆的花间。

在那垂柳拂郁的水面上，

荡漾着我们幸福的笑颜。

阿诗玛①

1993年7月5日

爱情永远是绚丽的花朵，

幸福就在它的娇颜下。

阿诗玛，你在哪里？

在这葱郁的石林里，

我听见了你的歌唱。

你那甜润的歌喉，

清脆的歌声，

纯朴回荡，

天上的百灵，

比不上你唱歌的气质高吭。

吐露如丝的语词，

带着灿烂的微笑，

甜美与欢愉，

----

① 游昆明石林，唱着歌的导游姑娘，犹如阿诗玛的化身。

涌动在你的心间。

你从爱的生活中走来，

起进不朽的天堂。

这沧桑化羽的石林，

佐证在永恒的人间。

你那明亮的眼睛，

秀美的身姿，

青春的激情，

火热的情怀，

投入在爱和美的怀抱。

爱情赐予你的，

永远是幸福的来到。

感情与理智

1995年

"悲莫悲兮生别离,

乐莫乐兮新相知。"

屈原的诗,

在千年前就阐明了,

人类存在着丰富的感情。

男女的情爱,

父母的慈爱,

朋友的友爱,

对大自然,对祖国,

对事业,对生活的热爱,

没有感情,

就没有爱的升华。

生离死别,

悲欢离合,

或忧,或喜,或悲,或恨,

或是心中的甜美，

或是深深的思念，

感情是人们赖以生活的心理基石。

设想没有感情，

人会对一切毫无兴趣，

漠然处之，

没有眼泪，没有歌声，

麻木，冷淡，残酷，

对生活失去信心。

不想劳动，

不想互相敬重，

不会怒抗敌顽，

不会伸援危弱。

不会互助互爱，

不会赡老抚幼。

没有感情，

是人的心理死亡，

是人的生命死亡。

大自然造就了人类，

也造就了感情的相随。

然而，理智走过来了，

说道，

感情固然是不可缺少的宝贝，

但却不能让其自由放任。

旧的感情消失，

新的感情会产生，

感情这玩意儿，

就是这么奇异。

但就是感情的运动，

或许会见异思迁，

悲剧重重，

或许会一时冲动，

后果难容，

感情应服从一定的理智规范。

生活需要丰富的感情，

也需要良好的理智。

理智是良好思维的结果，

是良好行为的心理支配。

当理智与感情发生冲突的时候，

别忘了，最好的解决办法，

是用理智去克制感情，

有理智的感情，

才会丰富无误。

生命的辉煌

1995年9月18日

你是朝霞，

不，你原是刀，

原是火，

原是满目苍凉。

洪荒从远古走来，

你诞生在它的怀里，

是那样安详。

你原是风，

原是剑，

原是初升的朝阳。

劈开荆棘，

跨越艰险，

闪烁着无尽的光芒。

冰雪严寒，

是多么洁白的世界，

春花秋月，

永远绽放着灿烂的光华。

你原是情，

原是爱，

原是磅礴的力量。

把憎恨投向邪恶，

把力量搏击凶顽，

把真情洒满人间，

把爱的生活升华，

把永恒托起，

生命的辉煌。

青春在过的土地上①

1995年10月3日

青春在过的土地上，

今天重返，

心情格外欢畅。

二十七年，岁月悠悠，

犹忆当年的挥汗。

足迹，从这里延伸，

生命的轮船，在这里启航。

前路，

有风，

有雨，

有我们美好的憧憬，

还有迷雾般的朝霞，

----

① 国庆回平塘县通州镇长寨新寨村民组，从1968年我们下平塘当知青至今已27年了。

而明媚的春光，

那是绝对有的，

你还有什么样的期望？

锄头，镰刀，犁耙，扁担，

斗笠，竹篮，草鞋，补疤衣，

还有大山的呼唤。

农家兄弟亲切的笑容，

带着更加深厚的古铜色，

欢迎我们的到来。

耕牛，仍是那样亲昵，

泥土，还是那样的芬芳。

在我耕耘过的农田里，

女儿怀抱金黄的稻菽，

甜甜地对着相机的闪光。

只有小桥下的流水，

离开它灌溉过的农田，

奔向远方。

十几年的上山下乡运动，

在人类千万年，亿万年的历史长河中，

将是绝无仅有的，

这是社会革命的尝试。

良好的愿望，

不管它成功还是失败，

我们作为亲身尝试人，

对那锻炼体智，

艰苦而又美好的知青生活，

永远在深深的怀念中

——遐想。

杜鹃礼赞

1996年4月

我依恋地看着你，

这是一个深深的注目礼。

你是燃烧的火焰，

那纯洁无瑕的精灵。

在春潮中涌动，

在细雨中，

挂上晶莹的露珠。

春风轻轻地吹，

还有阳光，

大地造就了你，

深红的，浅蓝的，素白的，

你造就了一个五彩缤纷的世界。

你植根于沃土中，

流水清澈，松柏苍翠，

百鸟歌唱，晨雾迷人，

呵，这就是山间的一切。

我漫步在你的身旁，

沐浴着如霞的风光，

愿作一片绿叶，

一只蝴蝶，

展开七彩的翅膀。

你不是火，

但你有火一般的热情。

你不是水，

但你有水一般的柔情。

在这大山大岭中，

在阵阵春风中，

你火热地开放着，

翻滚起柔美的波浪。

春的脚步是这么近这么近，

你在那里悉心倾听。

大山起伏的脉搏，

跳动着你欢快的心音。

你用山的野性，

水的情趣，

花的芬馨，

春的神韵，

燃烧起英勇如霞的火炬。

你不是乔木，

献出的只是美好，

青山博大的胸怀，

依偎着你生命的光华。

你是朝霞，

是晚春盛开的山花，

不要说你不会开口，

你用娇艳身姿展现的，

是漫山遍野菲薄的轻云。

你是生命的骄傲，

永恒和美好。

让生命之火燃烧吧，

让生命之花开放吧，

是你与漫天云霞的辉映。

雪莱《致云雀》①

1999年5月16日

你是宇宙的精灵，
虽然你不是万物的灵长。
然而，宇宙创生了你，
在母亲广阔天宇的怀抱中欢唱。

你无忧无虑，
不知什么是生，什么是死，
什么是忧愁，什么是悲伤，
只有永远的欢唱。

我的中学时代，午休时刻，
爱躺在白云悠悠的草坡上，
晒着暖暖的太阳，

----

① 读雪莱《致云雀》而作。

听你冲入云霄的欢唱。

宇宙母亲爱抚着你，
把阳光，雨露，鲜花，
美好都洒在你身旁，
更有蓝蓝的天空，
朵朵的云霞。
即使暴风骤雨来到，
你也足可在草丛的石缝中避让。

没有纤纤细草，哪有绵绵青山？
高乔大树，生长在云天之下。
你的歌声，愉悦而又激昂，
从天庭飘向四方。

云霄中的你是那么渺小，
但是你的歌回荡在母亲的怀抱。
你来了，世界属于你；
走了，你属于世界。
宇宙母亲啊，永远无量。

也许你喜爱喝清冽的甘泉，

养育着动人的歌喉。

心灵的颤动，美妙的音律，

在你纯洁的歌声中流淌。

鲜花，明月，冬天的霜雪，流水漂走的落叶，

灾难，痛苦，生死，何惧什么，

这一切都是万物运动的必然。

你什么都不会去想，

只有尽情地欢唱。

雄奇的山野，混沌的雾霭，

莽流的瀑布，悠远的静谧。

天清气爽，都衬托着你的高飞，高飞，

任你无拘无束，自由自在地欢唱。

有如涓涓细流，有如巍巍高山，

春光，夏莲，鱼肥，鹰飞。

世间美好的一切，

都集合在你的协奏中欢唱。

心灵是这样纯洁，如流水般清亮透澈，

生命的真谛，就是快乐地生活和歌唱，

用搏击风霜的汗水，用生与死的洗礼，谱写优美的

乐章。

从荒古走来的你，

永远也在对美好的未来憧憬。

你没有壮美的体魄，只有娇美的身姿，

任凭风吹雨打，生命难道是不凋的么。

餐天地之灵气，饮宇宙之精华，沐日月之辉光，

母乳哺育着你，

生命是壮美的，

灵芝草，云雀也与你为伴。

天地是这样久长，愿生命永远辉煌！

雷电闪烁着，可惜它只有短暂的一瞬，

但这一瞬就够了，

我就爱它灿烂的光华。

你走了，世界不再属于你，

世界属于代代生命快乐的所在。

但这又有什么，

欢乐永远是生命的聆响。

无穷无尽的宇宙啊，地育天养的生命。你歌唱什么，
领略什么？

我这个有思维的人哟，

却愿和你这个不朽的精灵，

一起欢唱。

甲秀楼畔梅花盛开

2020年1月10日

甲秀楼畔的梅花盛开，

红的如霞，

白的似玉，

这是三九严寒的美。

清冷中，

淡淡的清馨，

我吻着你的香，

醉。

甲秀楼屹立在鳌矶石上，

高阁连云，飞檐临水。

你用红硕的繁花，

衬。

南明河水清清地，

静静地流淌着，

天上漫步的云霞，

全收入它的镜。

河底的水草漂着柔，

随波摇摆，

像弹动的琴。

秃叶的柳丝垂着软，

白鹭飞来，

寻觅稀疏的美味。

前些天小寒雹雨的炸响惊雷，

电闪云天，

你的梦断了，

甜。

还有雨后沐浴在苍穹的七彩长虹，

倚天齐辉，

是你盛开的，

情。

你的身旁，

有硕大的琵琶树，

傲雪的青松，

虬枝的海棠，

高洁的玉兰，

紧紧掩映着你的鲜妍。

你喜爱，

寒风中盛开，

尽显娇美。

是你的骨傲，

红艳照人，

这就是田园牧歌?

醉，

飞雪迎春的美。

醉美的，还有你的，

馨。

赞曰：

疏影横斜浮暗香，

不似春光胜春光。

犹如东风洒花前，

娇美盛开使君尝。

三九严霜苦寒凝，

昂首怒放云霞张。

待到冰消雪飞尽，

万紫千红齐芬芳。

春之神

2020年春

走在春之神的田园，

迷茫在风光如画，

薄雾轻纱的云烟。

高高的玉兰，

作别飞雪的离去，

冰清玉洁。

那一枝一枝的红杏，

胭脂秀美涂抹着春天。

一树一树的花开，

娇美飘香的鲜妍。

蝴蝶儿欲与花儿比美，

七彩双翅落在花前。

谁醉了，谁美了？

莺声燕语各争先。

几儿女攀桃捉李，

止不住欢乐的笑语。

青春和激情伴随着生活，

幸福和憧憬一起前行。

轻灵中交舞着你的倩影，

水光中浮动着你的芳颜。

水底绿丝带般的软荇，

游鱼儿玩耍自闲。

小楼外垂柳风前软依依，

雨洒花间玉露圆。

也许有一叶舟，

载着你的梦，

是爱，是暖，是希望，

纯真，热烈。

那妩媚，

像笑红的樱桃。

这一束束娇艳欲滴的山花，

已融进你的心田。

我舍不下这春天的美，

也把美洒向春天。

你要

2020年10月

你要成才，

就要有树的形象。

你要奋斗，

就要有山的高昂。

你要绽放，

就要有花的芬馨。

奔腾的寰宇，

高飞的雄鹰，

混沌的雾霭，

飞雪的迎春，

你生活的世界，

是五彩的缤纷。

你还要什么？

走进闲适的生活，

去坐看水穷云起。

走进轰轰烈烈的奋斗，

去击水中流，

九天云翼。

走进桃花源的秀美，

走进家的温馨。

生活向你敞开幸福的怀抱，你还要的，

是倾听黄莺的歌声。

第三篇
散文各体篇

打秧青

1978年

三月里，烟花开，姐妹挑篮上山来。弯弯镰儿似月牙，嚓嚓刈草并刀快。狼鸡草，马桑槐，青杠嫩叶割抱怀。一抱一抱装满顶，闪闪悠悠下山来。

"齐妹子，快走。"

"嗳，来喽。"

转过一山又一湾，对面车辙便道宽。脚踩清洞水，湿我儿女装。

"妹子，累吗？"

"芳姐，快走，后生伙，赶来喽。"

平明田水倒我影，姐妹欢情对山歌。

咏青春

1977年8月1日

人生随光阴，花开在少年。正是艺术青春，岁华丰茂。文采眉秀，豪情缤纷，勤奋好学有灵犀，人生理想喷溢。

笑意丰盈，英姿勃勃。身轻如燕，蹦跳如健，烂漫天真多奇志，正是风华少年。青春多娇，能不珍惜当年？

游小七孔·西江苗寨①

2012年8月26日

鸳鸯湖里，古树参天，生长水里，真水上森林。水清澈，不小心，击水湿了俏美人，笑骂两句，嘻嘻哈哈，又前行。船绕迷宫游，蝉欢鸣不停。风景好，空气好，好心情。人生就是快快乐乐地生活，放歌山水，无穷欢愉。小七孔边，古驿道旁，樟江碧透。水天开阔，铁锁索桥。

真山真水看不够，又看西江苗寨，吊脚楼密。山高雾清，水低稻碧，梯田层层。贫瘠开发出富裕，秀美本源自荒蛮。高速公路归，人间桃源行。

----

① 小七孔在贵州荔波县，西江苗寨在贵州雷山县，为著名景区。

思远游赋

1979年

握手惜别又相逢，英雄出征当壮游。人生理想负豪情，青春鲜血似花红。思远游，乃在地球之上，寰宇之中。夸父追日非易事，漫步云阶入青冥。牛郎钓竿拂银河，织女机杼滴宫漏。罗欲张其宇内撒，钩欲钓其北冥鲲。壮士何须不复还，驰骋八荒追大鲸。

挟秦弓兮风火轮，渡沧海兮波若汶。秦楼月中吹箫竹，秦娥飞去不飞回。秦娥吹箫之楼今尚在，吾欲骑凤垂翼飞。思远游，乃在天堑之上，无极之中。

后羿雕弓射开航，宇宙空间击云翼。雷公訇砰震天怒，列缺霹雳中天开。君不见当年垂翼上青天，揖手长辞月儿圆。银河之水浅可涉，迢汉之远波若虚。未卷旌旗得胜归，英雄出师永不悲。谁家窗前织花女，犹闻边塞马嘶声。

旭光澄照太空来，色散朵朵成彩云。晓月雕弓碧玉关，我亦饮马银河湾。当从函谷出宇宙，脱手竞发千篷帆。驷四虎兮揽余马，银河岸边牛郎别。云历历兮杳冥冥，水迢迢兮天峻峻。险之深，不可测，少年志，不可灭，飞关山直度，宇宙川脉。前面轻飞小青风，长管细吹慢悠悠。羲和鞭辕太阳车，女娲指点无南北。河可凭，天可行，银河朵朵踏白云。飘涉银河千重水，过此彼岸又向前。

朝云为余更衣兮，停雨为余濯足。慧星扫尘为余先路兮，寒鸟为余佳音。入星海游泳兮，息岸边而剥笋。北斗驰迈而来兮，援河水为余煮鸡。鬓霜餐英风，天堑何峥嵘。篝火燃兮宇宙红，大旗横照兮天地雄。清溪湾湾细流长，剑鼻相引兮补衣裳，出征兮莫畏餐风寒。

左倚岩泉，右擢长矛。上不能溯宇宙何为起源，横不能究宇宙之瀚茫。君身闲歇天台路，横鞍解带酣梦遥。紫烟霭霭雾沉沉，一重苍天一重门。九天之高高不可到，九泉之深深不可测。天峻高兮谈何易，只今可试马力遥。我骑着风儿似马快，一日飞至金银台。云霓忽明灭，神光离合开。天之人兮笑盈盈，以口吹伤伤痊愈。天女坐床边，喂余服玉浆，顿觉尘体去，身心轻拂飘。金丝琉璃玉花帐，室外风光正明媚。健身舞，莲池影，击剑身心爽，豪气复苏生。天之人兮来布阵，势如霹雳生光辉。抹汗相更衣，揖君青园饮。青衣小女出斟酒，羽翠欲拂白玉壶。茉莉芳，九品茶，醉意笑看荷花蓓。生活之美在于此，山青几声鹧鸪啼。天女散花张彩云，玉童提壶浇长鲸。杨柳青丝拂渌水，芙蓉落影镜湖春。我欲因登青莲楼，楼头落下梅花笛。玉女来弹琴，细语歌声密。听君唱歌来洗耳，歌声如水情如海。忆君双眸如秋水，日月光耀清炯炯。比目照人心，袅袅芬芳步。

天女指花花自开，无端袅袅春风来。天鹅成队掠天宇，鸭步蹁跹戏清波。丹青送上山水图，似飞不飞画中鸟。千姿万态幻不定，金口银嗓声娇娇。碧海青天春满园，天人聪慧总为仙。仙女舒广袖，来到草地上。芳步曳罗裙，翩翩舞开屏。红桃般小口，银铃般歌声。琴心如洗耳，总是白马笛。罢裙芙蓉灼，鸟儿立团荷。轻若云鹤去，霍若轮毂回。音美和阳春，一片娱君情。饭罢散步柳荫下，远闻桃花流水香。仙女话仙语，教吾识仙书。释卷北园寒窗里，霰雪霏霏白玉宇。风景固然好，悠忽思征心。天山风光奇如此，转首不辨归去路。

天河浪花连云水，锦彩如画天如美。揖君殷勤为待客，吾将畅游宇宙间。天意不能留，潸然别佳宾。天之人兮曳步来相送，窃窃细语回鹤声。苔满幽瑟径，山深虎啸闻。清涧流水潺潺响，紫岩冰壑万转雷。长揖再相拜，远送也依依。著我金鞍甲，策我神马飞。飞罢回招手，宇涯眷比邻。

登甲秀楼赋　并序

1985年3月8日

　　甲秀楼，居南明河中鳌矶石上，石基舫舻，云楼浅廓，雄峙俏秀，巍巍轩然。楼下有小桥，连斯楼以交通两岸。余幼随母舅捕鱼，小船穿梭桥下，鱼鹰在前，竹竿于后。河水清冽，垂柳掩映，碧波荡漾。

　　甲秀楼，欲登者，过渌水，穿碧亭，走小桥。明镜映乎芳容，双桥落于彩虹。念人生之长勤，感天地之苍茫，于斯游者，或聊天，或对弈，或送目。

　　登斯楼也，步玉阶，转朱阁，依斜阑。当是时，日月蒸腾，轻纱微微。楼宇金辉，朝霞齐飞。高阁连云，飞檐临水。龙骧凤柱，华光璀璨。春兰秀竹，清馨雅然。河溯西来，衔远川，冲回波，落桥涵。

　　或当阳春融和，乳燕翻飞。小桥流水，芳草萋萋。沙浅浪盈，云步霞追。天地灵秀，万物春晖。星辰悬河池倒映，春风伴游子不归。

187

或当霰霞散绮，朝露日晞。浅水游鱼，芳树鸣莺。于登斯楼，青山远黛，白云近英。花馨微微，柳色依依。

　　鳌矶砥柱中洲，渔歌飞渡数峰。登斯楼也，眺黔灵之山高，想花溪之水美：青松盈天，餐风承露；荷出涟漪，凌波微步。宇宙之渊，虚怀万物。日月星辰，终古出没。或当城南夕照，芳杜泊舟。小桥云暮，深山月来。于是援者调弦，佳人清音。渌水清琴，月华歌声。书香第秀，清雅人家，怡然春色。

生命的路①

1976年3月

　　乾坤开处，天崩地裂，生命犹如一朵灿烂的金花，开放在宇宙中的一颗星球之上，她饱经风雨，傲然屹立。

　　生命是壮丽的，她绚艳夺目，显示了大自然无比崇高的意境，无比崇高的美。

　　生命是自豪的，宇宙是生命的母亲，但宇宙不像她这样有心也有灵。

　　宇宙灵气的地育天养造就了生命。大自然把阳光、雨露，鲜花、美好，全都撒给了生命，也把风霜雨雪考验着生命，生命享受着一切，直面着一切，她无限深情地瞻望着自己前行的路，坚毅而又非常英雄地走下去，什么都阻止她不得。

　　在荆棘中，在暴风骤雨中，生命走过了艰辛漫长的历史道路，自古走到了至今。她还要继续走下去，因为以前

----

① 　读鲁迅《生命的路》，依意而感作。

有路了，以后也该永远有路。生命的路，是那样艰难险阻，又是那样灿烂辉煌。

生命走到人类，人类是最高的生命阶段，人类是天之骄子，但人类仍要与世间万物和谐相处，从没路的地方开辟前程，走自己光辉的路。

一代生命是有限的，万代生命的光辉业绩之和，铺开了生命的渊远之路，一直铺向灿烂辉煌的无限远方。

开流节引

1980年8月7日

　　上古之初，洪水泛滥，天下为灾，鲧治之无效，帝与群臣议之。鲧曰："堵之则治。"禹曰："天下有水流，开流节引为治。"鲧曰："堵，使无水流，无泛滥，焉莫治之？"禹曰："堵，焉能治也。夫水，堵之则积，引之则流。今天下淫雨不住，三山五岳摧崩。水之来也，浩浩荡荡，冲波万里，漱涧淘石，劈岭为川，遇堵则暴怒，萦回而荡漾，于是一滴一滴，一股一股，汇集若汪洋。至多也，溢川漫谷，盖高瀑下，遇丘陵而訇摧，至平川则铺漫，淹禾漂屋，决堤咆哮，水之猛，势不可当，安能堵之哉。鲧曰："水之积也，浮泰山若鸿毛，洋洋乎汹汹哉！夫尽天下之土，堵天下之水，焉莫驯服。"禹曰："若此，天下之土已尽，天下之水已堵，天运云横，何以流转；田地之间，何赖禾黍，纵此为人力所及乎？"或曰："汝之开流，何如无为而治，任水流之而已。"禹曰："任水流之，正是今天下泛滥成灾之洪波也。开流之，还须节引之。节引者，治水之道也。

191

譬犹深淘泥沙，凿平礁石，急湾斩缓，险滩平流，此为疏浚河道；且深宽河床，高固堤坝，浮泥泄沙，分流九道，不一而可。而又筑坝拦洪，节制波峰，植树种草，防风固土。夫开渠至田园，春耕秋收，五谷丰登。开航运，输粮道，天下繁荣富庶，何乐不可也。"余终莫能对，于是禹带领黎民百姓治水。涂山之女歌曰："候人兮猗！"往视之，乃为熊也。经三过家门而不入，治焉。

贵阳之春

1987年春

也许是春姑娘动了情，春天悄悄地来临。

春姑娘，这位美丽的女神，她把温暖、雨露、鲜花、美好，全都洒满了人间。

春风梳理着柳树的柔发，鹅黄了，嫩绿了，飞花飘絮。

鲜花穿上了绿裙，在春风中亭亭玉立。

青翠的小草，挂着露珠，带着微笑。

贵阳，这位以"冬无严寒，夏无酷暑"著称的贵州腹地上的沉睡美人，在春风的拂郁下，苏醒了，梳妆了，明山映水的，十分俊秀。

旭日金辉，五彩纷呈，南明河水，明净如丝。春城身被虹裳霞帔，风姿绰约。

大自然赋予春城如此之美，劳动的创造，更增添了它的魅力。城市高楼鳞次栉比，市政整洁，商旅富庶。大道如矢，处处花圃，车水马龙，一切都这样繁华而又井然有序。

在甲秀楼头，浮玉桥畔，有倩女照影，清涟回舟。黄莺喧声，亭翼若飞。远山云渚，林壑深秀，黛色葱茏。

在黔灵山麓，花溪河畔，水绿如油，清澈碧透。夹岸桃花，垂柳拂郁。花掩曲径，水绕绿洲。佳人翘首，云霞漫步。牡丹富贵于芳林，樱花盛开于春风。

或在回廊溪亭，幽谷曲径，琴台舞榭，茂林修竹。山猿倒挂，流泉淙淙。银瀑迭水，丽蝶争飞。姑娘提足涉水，小伙碧波荡舟。

百花湖上棹歌飞，白云明霞映翠微，若把碧水作春酒，定教游人醉不归。你若想远足，还可到百花湖。在挺拔秀丽的将军山下，那如诗如画的百花湖畔，雪白的浪花追逐着欢乐的人们。浪花咬着沙石，咬着树根，咬着人们的脚丫，冲上来，又退下去。浪花轻盈盈地，充满了博大的情怀。

青山踏翠，碧水芳情，河水盈盈，风波汶汶。贵阳的春天永远是美好的，这在于贵阳的灵山秀水之间，矗立着一座春姑娘的雕像，她把抚爱带给人间，带来幸福与欢愉。

山村月色

1987年

月挂高枝头，小桥流水清。

谁家洗衣女，一片笑语声。

她真能干，清早起来，就里里外外的忙碌拾掇，都这么晚了，还在河边清洗衣服。

难得今晚的月亮，又大，又圆。清辉飘洒下来，田园，山间，薄雾，淡云，朦朦胧胧。山村的一切，都显得这么静谧。

只有她和伙伴们的捣衣声，嬉笑声，追逐在静静的月色中。

明天，她又要走了，要去指导育苗，走村串寨。这一去，又不知多久。

玲玲，就丢给奶奶，虽然奶奶的腿脚已不太灵便。

奶奶有时埋怨几句，但也带着爱怜："去吧，有啥法子，总不能让困难缚住手脚。"

村前，有两三棵枫树，一小片白杨林。过了石桥，蜿蜓的小道，穿过田园，伸向山野尽头。微风习习，像在诉说无限的快意。皎洁的月光，揉着风，揉着她的衣襟。她麻利地不时将衣服放在清水里，摆动，漂揉。

小河流淌，弯弯曲曲。

她赤着脚，挽着袖，站在石砧上，像一尊大理石雕像。深邃的星空，穹庐般笼罩着。

清辉飘洒下来，她和田园，她和山村，一切都显得这么和谐。

铁流

1987年5月25日

你从洪荒走来，走进炽烈的炉火中，焦炭为你的熔化燃烧自己，石灰石为你的纯净分解身躯。铁流奔腾，映红了熔炼者宽厚的脸膛。铁流，欢快地流进了型腔。

砂子，原本是一团散沙，它在粘结剂的作用下，团聚起来，造成型范，然后又崩溃散开，铸件从中脱胎出来。

当你还是铁流的时候，我想捕捉你闪光的火花，赞美那升腾的烟霞。当你变成了铸件，又显得那么宁静、朴实，甘作零件，组成机器，每天都不停歇地运转。在你身旁，各种产品源源不断地流出。

风机轰鸣，炉火熊熊，熔炼者手中的钢钎，如长缨游龙。每当铁流激涌，我爱看那飞迸的火花。

柏

1987年5月25日

柏树四季常青，人们常以它为象征，来祝愿青春和岁月的常驻。它冬被霜雪，夏日葱茏，根萦磐石，枝干青云，苍黛挺立。它之不畏冰寒，热恋春光，显示了生命之树的品格。

柏树的外在美是这样引人赞誉，而它的内在美，是在我与木模工作有联系后认识的。想来，大凡木料，皆可用做模型，结果好些杂木做的，常有较严重翘曲变形。只有柏木模型，型神常在，依然故我。

柏木木质细腻，色泽嫩黄，柔光可鉴，芬芳四溢。它的素雅微淡，总为众材所仰。

刀凿斧痕之施，玲珑巧秀模型所出。之为模型，用造砂型①，出自柏木的高洁浩气，天生丽质。

美的礼赞，当献给柏这样的生命之树。

----

① 铸造上要先做出木模模型，然后用木模去造出砂型。

秋月曲

1981年7月23日

云云读书多时，感觉有些累了，便合上书，步出房门。时值皓月当空，清辉默默地洒在地上，分外温柔，夜风吹来，又分外凉爽。云云十分快意，信步走来，来到荷花池边，一泓清水倒映着盈盈的秋月，也倒映着云云的身影。云云觉得很美，便想吟诗，才吟了个"一轮明月"，一时接不下去，却想起了生生，道："我莫若去邀他来相吟些儿，也则是好。"便绕过假山，穿过粉墙门，远远见生生屋里秉着烛。云云蹑蹑地走到窗前，见生生伏几睡着了，一旁摆着素绢，绢上写着两行字，云云挪来看过，道是：

一轮明月挂素秋，江南江北夜溶溶。

云云笑道："这小生才写了两行，便困大觉，待我也来写个些儿。"拢过笔砚，蘸得墨饱，往下抹去，道是：

可怜之子频入梦，清水池边丽人游。

生生伏几醒来，也不知何时了，瞧见明月有些西斜，自语道："我何困却如此。"随手拉过素绢，见上多了些字，认得是云云的墨迹，道："小云来过了，却不把我叫醒。"
不觉满心欢喜，步出房门，来到荷池，哪里有云云的身影，
只有明月依旧挂在天空，生生喟然吟道：

溶溶天上月，流光照罗衿。

相思垂莲子，采撷不见君。

第二天傍晚，生生约了云云，来到荷池旁。生生道：
"昨晚你联了句儿，后来我出来不见了你，又吟了一首。今
晚我们还是以'溶溶天上月'起兴，我吟一句，你吟一句，
我吟一首，你须吟一首。"云云道："诺。"

生生吟道：溶溶天上月，

云云吟道：流光何皎洁。

生生：林荫芳菲处，

云云：花间双蝴蝶。

生生又道：溶溶天上月，

云云：皎皎河汉女。

生生：人儿游陌上，

云云：柳下闻私语。

生生真个高兴，道："云云，你联得真好。"缓缓曳步
之间，他们来到小河旁，杨柳拂郁在河面，河水是那样的
平静，生生吟道：

溶溶天上月，流光何盈盈。

临渊照明镜，对影成佳人。

他们来到小桥上，云云对着河中的清影，翩翩起舞，且吟道：

溶溶天上月，流光故迟回。

舞底弄清影，河中鲤鱼肥。

云云正在兴头上，拉过生生，道："生生，过去不远，有一片桂花林，这正开着哩，我们不如去玩耍片刻，也则个好。"生生道："诺。"云云挽着生生，吟道：

溶溶天上月，流光何盈盈。

携君过小桥，行行复行行。

他们一路迤逦，来到桂花林。只见桂树不高，生生坠下一枝，云云把住，细细折了一束，把在手里，乘兴而归。归来桥上，云云倚阑眺望，依旧明月皎洁，水天空阔，不觉随口吟道：

溶溶天上月，复照林中桂。

芬芳嘉可喜，明朝再相会。

吟罢，各自道别归去。

光阴荏苒，不觉秋去冬来，冬去春来。这天，他们又来到后花园，对月赏花，花下弹琴。云云调拨琴弦，清清嗓子，自弹自唱起来：

轻歌俏舞春风吹，月儿悄悄影迟回，花瘦春正肥。

路迢迢兮人杳杳，倩影独立倚芳菲，何日故人归。

生生道："云云唱的歌，今儿个怎有些相思离别之感？"云云道："不久你就要上京去了，秋试春回，莫若惹我相思么？"生生想想也是，附在云云耳旁，如此这般了一番。于是云云更名换姓，女扮男装，与生生一同上京赶考，双双榜上有名。回家来，结成了好一对诗情伴侣。

只是朝廷给一名叫陈秋秋的中榜生委以官职，久不见上任，四处寻访，终无着落。

后记　　　　　诗的艺术要求

2017年8月

　　诗的艺术要求是意境美，并尽量满足音韵要求，意境美和音韵美是诗的两美要求。虽然作诗要有韵律、修辞等艺术手法，但它们都要服务于塑造意境美，否则作得再标准的律诗，若无意境，也毫无意义。除了要有体裁形式和音韵，诗的生命力最根本的是要有意境。或者说，诗就是用韵律、修辞、遣词造句以及体裁形式等艺术手法，形成洗练的语言艺术，表达人们的心理、情感、意志，刻画形象，塑造精神，积极向上，讴歌生活，实现意境美的艺术形式。语言是思维意识表达交流的工具，而艺术的本质是表现美，诗是语言艺术，它就不是用一般性的语言，而是用各种艺术手法形成的艺术性语言，表达思维所达到的优美意识境界。美有多种多样的表现，从山水的自然美，到绘画、书法、雕塑、摄影、歌舞、工艺美术等形成的人文美，再到人们勤劳善良，互助互携，共同进行社会生产生活的心灵美、社会美。诗就是把人们的心理活动，精神情志，及世间各种各样的一切美，用优美的语言艺术提炼升华达到的意境美。诗词是意境美的语言艺术，歌则是对语言艺术的声乐歌唱艺术，歌的悦耳动听，使歌词的意境美增添了情感丰富的声乐美而声情并茂，歌是诗词意境美与歌唱声乐美的完美结合而情深意长，所以说诗言志，歌言情，志弥情深。或者说，诗就是用优美的语言艺术表达优美的思想意境情态，带给人们美的精神享受，给人以鼓舞，这就是艺术的力量。美也是人们生活的最终追求目标，所以才有"美好的生活"一词。诗的意境美，是通过作诗的语言艺术手法实现的。

诗是语言艺术，就是还要语言的艺术来表达思想情感的内容，表达意境美。若无优美的遣词造句，及一定的夸张、想象、比兴、格律等艺术手法，也很难衬托诗的意境美，但只有部分的诗，可以做到意境与格律的完美统一。许多的诗，要以意境为主，并尽可能地采用艺术手法，但不可强求音韵格律而损害意境美，即艺术手法要更好地服务于塑造诗的意境美，这就是作诗的基本原则。李白的诗多为非格律诗，能够世代为人们喜爱，就是用语言艺术实现了意境美。

诗表达思想情感，人有意志情感，喜怒哀乐，悲欢离合等丰富的思想情感，都要求诗有深厚的意境来表达。文学是语言的艺术，诗是语言的洗练艺术，它的意境美，还要有音韵美，韵美要讲押韵，音美要讲平仄，对仗，字句式，词音的选择等。音韵美，即是诗的言语美。言语是人们说话发出的声音，这声音的抑扬顿挫，对应和谐，韵脚有序等，即音韵美。如果只有良好的遣词造句而缺少音韵，或有好的音韵而缺乏好的遣词造句，都难以获得良好的意境美，就是说，意境美要靠良好的遣词造句和音韵美及修辞等的共同效果来取得，是诗的主要艺术要求。我们说语言是思维表达交流的工具，那么可以说语言艺术是表达思想情感的工具，其表达要达到深厚的意境，在于诗要讲精神境界，其修辞、体裁、音韵、遣词造句，都是对造就精神境界的艺术要求。语言艺术与音乐艺术的结合就形成了歌，从声学的角度讲，歌是音节韵律与音阶旋律的优美结合，即音韵与音律的优美结合。单独的音阶旋律构成曲，音节韵律按音阶旋律的连缀声乐发音，就形成了歌。音节语言必须由人的嗓音发出，其他任何动物或乐器都不能发出清晰的音节。而音阶旋律可以由人嗓发出，但一般由乐器演奏。非乐器伴奏的歌称为清唱。歌的词往往带有诗的情调，歌的曲通过音阶旋律能够表达喜怒哀乐等的精神情态，在这样的意义上讲，歌是思想情态和精神情态的完美结合。歌言情，就在于韵律及声乐下歌的感情更加丰富。

所以才说，歌的艺术要求是词的意境美，曲的旋律美，唱的声乐美，这三美决定歌的艺术质量。

诗是语言艺术，它的意境美，说明艺术具有美的范畴。那么我们简略地谈下这个古老的哲学问题，什么是美？首先，美是精神的需要，生活的需要。精神是动物神经系统的活动过程，美就必然与动物神经系统的活动相联系。如果不与神经系统的活动相联系，我们永远也不可能对美这一概念做出一个比较准确的哲学定义：能够引起动物神经系统，特别是人的神经系统舒适愉快之兴奋的外界物质刺激反应，就称为美，并且这种舒适愉快是积极健康的，也是可以通过人自身的艺术创作来表现的。神经系统通过五大感官反映物质世界，美就分别表现为眼的视觉美，耳的听觉美，鼻的嗅觉美，舌的味觉美，身的触觉美这五大类自然形成的美，特别是集中到大脑神经中枢的愉悦美。人是有思维的社会动物，不但需要自然形成的美，更还需要思维和社会形成的美，这主要就是心灵美，包括心地善良，具有良好的社会道德行为，以及各种社会艺术形成的美，包括语言等各种思维艺术形成的美。有时美也要通过对丑的鞭笞来衬托，所以艺术既要反映美，往往也会鞭笞丑，以及高度地反映生活等。由于人们的审美观不同，因此美并没有绝对的标准，但并不否定相对审美观的存在。

艺术如果不能表现生活，表现美，激励精神情志，那它就没有生命力。人们为什么要追求美呢？生活需要的物质，往往给人们带来美感，不需要的物质，相对带来不美感。如食物的色香味，使人们有味美感，非食物往往无味美感。通过对味美的追求，使人们选择食物，排斥非食物。从原始人低劣的生活水平，到现代人丰富的食物，华丽的衣着用具，人们追求越来越好的生活，表现在神经系统的反应就是越来越美。对美的追求，也就表现对生活进步的追求，才有人类及社会的进步发展。设想人们没有对美的追求，反而去追求不美的东西，如追求低劣的食物，破烂的衣物、房屋等，会有人类良好的生存和发展吗？所以对美的追求是生活的必需，精神的必需。美使人们处于良好的精神状态，鼓舞意志，身心健康，这些都是美的作用，如《喀秋莎》就极大地鼓舞了人们的战斗意志。艺术可以表现生活，表现美，包括讴歌光明进步，鞭笞丑恶阴暗等。自然山水的美，社会温暖的美，就是说美的形成有自然的因素和社会的因素。艺术的美学属性，也就包含有政治属性。假定没有光明进步，人们会感觉到社会的美吗？所以自然生命力与社会生命力的良好结合，才具有艺术完整的美。善良也是一种美，因为它能帮助人们摆脱困境，互助互爱，取得幸福与欢愉。善良是最基本，最重要的心灵美。

律诗格律严谨，新诗自由奔放，诗的形式与内容都是丰富的，发展的。形式表现内容，但不管从形式到内容，都要能最生动地表现意境美，这是作诗的艺术精髓。若大家都只去作律诗，体裁上反而会感觉单调枯燥，所以内容丰富，体裁形式也要求丰富多样，从阳春白雪到下里巴人都不能缺少。历史上最优秀的诗歌，总是表现了优秀的意境美。心理学上美表现为对反映物的美好的态度。

人的生命包括生理存在和心理存在这两大存在，并且紧密联系。生理存在为心理存在的神经系统活动提供物质能量，而心理存在的主要功能是认识世界，认识行为且支配人的一切行为并创造财富生活去供给生理需要。这两大存在决定了人有物质生活和精神生活这两大生活，物质生活是衣食住行等，精神生活除了在自然和社会劳动，社会生活中形成的心理愉悦等，专门创造精神生活的劳动就是艺术，即艺术的天职就是创造精神生活，创造美，创造出美的作品供给人们获得美的心理享受，鼓舞精神，包括词意美、曲律美、声乐美、舞蹈美、绘画美、雕塑美、影像美、自然美、容仪美、各种工艺艺术品的美等等。诗的天职就是要创作出核心为意境美的洗练语言艺术。但艺术不能造就心灵美，要靠人自身的修心养性，心地善良来造就。

年轻时读古人诗，并不觉得好在哪里，后来才知诗要写出相当好的意境并非易事，一靠深入生活，二靠提升创作能力。用形象思维，塑造出言语美，意境美，是诗的精华。

　　人类的音节语言是从类人猿非音节语言的基础上进化形成的，它实现了能具体地表达事物，表达思维。如猴子的报警声音，对于来了什么样的敌人，来了多少，距离多远等事物情况，是不能具体表达的，只有人类独有的音节语言才能具体表达，它通过多个音节的连缀组织发音，形成语词，语句来具体表达。而动物的嗓音不具有清晰的音节性就只能非具体地表达，即动物的非音节语言（嗓音）只能简单地表达心理活动，包括婴儿的啼哭声，只能简单地表达饥饿、不适等本能心理。而婴儿在生长发育中，在大人的教给中才能学会音节语言，可见音节语言是人类在社会存在中自己进化形成的条件反射信号，而不是自然界形成的风声、雨声等信号，思维是人类自己进化形成音节语言为反射信号而表达的独有心理活动。音节语言实现了人类具有优越的反射信号系统，来表达思维、实现思维，形成无数的语词、语句来具体有序地表达对宇宙中一切事物的认识。这也是人类第二信号系统与动物第一信号系统的本质区别。音节语言的抑扬顿挫，韵脚有序，诙谐有趣，情感甜美等，就是言语美。诗作为语言艺术，就是通过音韵的言语美，与内容意境美的完美结合而实现其优美艺术性的。

在社会劳动中最初由猿转化成人的人们之间有什么非要具体表达不可，就迫使其从猿嗓的非音节语言突变发出了音节语言，这一从旧质向新质突变的划时代意义，就是人类语言的起源。最初始形成的人没有音节语言能力，它的非音节语言能力就保留着猿嗓的属性。随着它萌发了音节语言并进化成熟，标志着猿嗓逐渐进化成人嗓，猿脑进化为人脑，初始形成的人也转化为真正意义上的人：直立行走，有能握拿劳动的人手，能发出音节语言的人嗓，能清晰思维的人脑。音节语言的本质作用是能具体表达思维，不能具体表达就不可能实现思维。但仅有具体还不够，还要有逻辑的有序表达思维，如：他来拿锯子，他拿来锯子，这两句话组织使用的语词相同，但逻辑顺序不同，导致表达的意思不同，所以，语言和逻辑是具体有序表达交流思维的两大要素。上述，我们揭示了人类语言的起源，它使人类同时具有了第一和第二信号系统的表达，从而实现了思维。抽象能力、想象能力和逻辑能力是思维的三大心理活动能力，诗也特别表现着丰富的想象能力。正是语言有拼音音节才形成诗要有音韵。

美是生活的需要，人心之美在于善，人世之美在于公，家庭之美在于和，自然之美在于护，友情之美在于惜，生活之美在于创造和享受，幸福美好在于奋斗和发展，这些都是美的丰富内容。

诗要用音节语言的读音来表达，这种音节读音要求有音韵，内容要有意境，音韵和意境是诗的两大要素。没有音韵谈不上诗，没有意境谈不上作品价值。作品价值是最根本的，所有才说诗的艺术要求是意境美。在此基础上有必要的音韵，才能称为诗。诗是读音上有音韵乐感、内容上有意境情感的洗练语言艺术。音韵包括押韵、平仄、对仗等。有严格定式的即律诗，此外的诗可称自由体裁，其体裁形式完全可以由作者自己自由创造发挥。诗的洗练性，就是要求语言极为精炼、凝炼，它以一定的体裁形式来体现。诗的体裁经历了诗经、楚辞、汉赋、汉乐府、建安诗歌、魏晋民歌、唐诗、宋词、元曲等，直至现代白话诗的历史发展过程。现在我们作诗，上面各种体裁都可运用。现代白话诗是自由体裁自由押韵，也可有适当的平仄起伏对仗等，它不拘泥于律诗的格律音韵，但仍要有一定的音韵。作诗应紧紧围绕意境而作，并尽量注意艺术性。诗是以音韵语言优美地言志抒情的艺术品。什么是自由押韵是需要探索的课题。

诗的艺术性，要尽可能满足音韵要求，但实在押不了韵，平仄不齐，对不上仗，满足不了四声八病要求的地方，也不要勉强，主要是有良好的意境即可。格律是作诗的基本规范但不必被绝对束缚，这可作为作诗的基本艺术原则，包括诗还要有洗练性、艺术性的各个方面，即有良好的修辞、形象思维、赋比兴等，有优美的遣词造句，语词贴切，语言流畅，节奏明快，语句精炼，体裁精美等。八病泛指作诗的各种毛病，如有的字若重复出现，即为诗病，例：大家向着幸福路，红红火火向远方，这里"向"字重复，可改为：大家奔着幸福的路，红红火火向远方。而无法避免的重复字，例如：黄鹤一去不复返，白云千载空悠悠，这里悠悠属叠词，不能与前句对仗，就不应看作诗病。所以，作诗要有对诗病的鉴别和处理。律诗主要是五七言，而四言、六言、长短句、辞赋等各种体裁，也都能写出好诗，自古以来不乏佳作。

诗有哪些专门的修辞方法，是需要专门研究的课题。如谐音法、名词动用法、比兴借喻、排比互文、虚拟夸张、递进含蓄、假设用典、渲染形容、托物咏情、赋以形象、复沓倒装等等。歌词一般有一定的音韵，并要满足配曲的需要，有相应的语气词、分阕性等。歌的声乐性，要唱出曲的旋律、词的语音、音的甜美、情的动人。

意境开阔、大气磅礴、形象生动、诙谐细腻、寓意悠远、情感丰富、哲理深厚、言志抒情，想象丰富等，诗就是用优美的遣词造句，艺术手法，紧紧围绕这些意境目标而写。诗用优美的音韵语言，造就优美的思想意境。喜怒哀乐、悲欢离合、忧患伤痛、亲情、友情、爱情，对自然、生活、事业的热爱之情，怀古思念，求索出征之情，理想豪情，人有丰富的感情，人生志向，都可以在诗的表达之中。

诗的内容分为叙事诗、抒情诗、送别诗、边塞诗、山水田园诗、怀古诗，咏物诗等，并且各种内容相互融会贯通。道是无晴却有晴，就以吟山水起兴而抒情。形象思维就是要塑造出生动的形象，如屈原的《山鬼》一诗，就赋吟铺陈而塑造了优美的山鬼形象。诗的洗练性，如：向君诉说离别后的思念之情，洗练为：语君离别情。又如：妾家住在五湖口，去掉动词，为：妾家五湖口。这些都有语法结构的变换手法形成，此诗句见南朝梁时费昶《采菱》。再如：春光明媚花流莺，用"花流莺"三字，就描写了黄莺在花树间飞来飞去而流影晃动的情景。如何提升诗的意境和美感，如：黄昏吹着软软的风，变换为：黄昏吹着风的软，就更有美感。又如：鸳鸯水面紧紧追，改为鸳鸯水面卿卿追，意境就更好。诗可直白，也可意会，诗意也是可以化用的。触景生情，就可以写景起兴，而抒发美好的感情。情景交融，这也是形象思维的一种手法。意境就是语言的意思表达了良好的思想精神境界、心理境界，包括深厚的情感境界，意思到了，思想境界也完美地体现出来。境界又可由造境和写境形成，造境就是由想象虚拟的形象境界，辅以现实，富于理想浪漫。写境就是按实而写，富于现实。当然，这两种境界没有严格的区分，理想中要追求成为现实，现实中又要不断地追求理想和发展。写诗要在深入生活中多观察、多阅读、多习作、多思考、多领悟中激发灵感，激发对语言的优秀驾驭能力。诗的押韵，有平韵、仄韵、换韵、邻韵、句句押韵、混合押韵、自由押韵等。诗的使命就是要带给人美感，抒发情志感想，以美感人，是音韵美和意境美的完美统一。诗各有千秋，构成了灿烂的诗歌文化。